Miscellaneous Musings

博雅文丛

出书记

谢其章

中央编译出版社

图书在版编目 (CIP) 数据

出书记 / 谢其章著. —北京：中央编译出版社，2016.1
ISBN 978-7-5117-2833-3

I. ①出… II. ①谢… III. ①随笔-作品集-中国-当代 IV. ①I267.1

中国版本图书馆 CIP 数据核字 (2015) 第 266347 号

出书记

出 版 人：	刘明清
出版统筹：	董 巍
封面题签：	王之鏻
特约编辑：	韩继海
责任编辑：	韩慧强　王媛媛
责任印制：	尹 珺
出版发行：	中央编译出版社
地　　址：	北京西城区车公庄大街乙 5 号鸿儒大厦 B 座 (100044)
电　　话：	(010) 52612345（总编室）　(010) 52612363（编辑室） (010) 52612316（发行部）　(010) 52612317（网络销售） (010) 52612346（馆配部）　(010) 66509618（读者服务部）
传　　真：	(010) 66515838
经　　销：	全国新华书店
印　　刷：	山东鸿君杰文化发展有限公司
开　　本：	850 毫米 ×1168 毫米　1/32
字　　数：	136 千字
印　　张：	7.5
版　　次：	2016 年 1 月第 1 版第 1 次印刷
定　　价：	36.00 元

网　　址：	www.cctphome.com	邮　箱：	cctp@cctphome.com
新浪微博：	@中央编译出版社	微　信：	中央编译出版社 (ID：cctphome)
淘宝店铺：	中央编译出版社直销店 (http://shop108367160.taobao.com) (010)52612349

凡有印装质量问题，本社负责调换，电话：010-55626985

"老虎尾巴"内景,六平米差一点儿,小是小了点儿,但是丝毫不耽误爬格子,说句自豪的话,"出书记"里的二十本小书皆生产于此,来不及收入本书马上就要出版的三本书也是在这里生产。鄙人之一生,声希味淡,毫无光彩可言,幸有这二十几册书作劲儿,稍稍使得生命发出一点儿惨澹的光。

　　这是我的第一本书《漫话老杂志》封面封底设计草图。虽然是第一次与出版社编辑打交道，我没有怯场，马上质疑"编著"的"编"从何而论？另外，我对这种"多宝塔"式的设计也不很满意，从下往上六层，至少可以减去三层。经建议减为四层，另外两层搁两边了，闹了归齐还是六层。书名五个字，"漫话"一个字体，"老杂志"又一个字体，这样的设计思路很流行，甚感不解与无奈。

第一本书,请姜德明先生写序。那天,书友吴立新告诉我《书友报》刊出了姜先生的序,我赶紧说你带给我看看。《书友报》乃湖北十堰市新华书店所办,只在小范围传读,声名不彰。这份内刊的价值是刊出了百余篇谷林先生的好文章。

　《创刊号风景》书稿的进度与"非典"是同步的,特别时间出的书。那天我在姜寻工作室里第一回见识到电脑的神奇,屏幕里闪现的文字与图片格外艳丽。工作室一水儿苹果电脑,姜寻用同样高级的打印机打出这份设计小样送给我。

《创刊号风景》之后,似乎推动了一小股"创刊号热",也有人给我贴上了"专收创刊号"的身份,以为我新旧不分凡创刊号即收,经常送我一些哭笑不得的创刊号。《三月风》杂志向我约稿,卷首图片由十本民国创刊号组队,悦目得很。

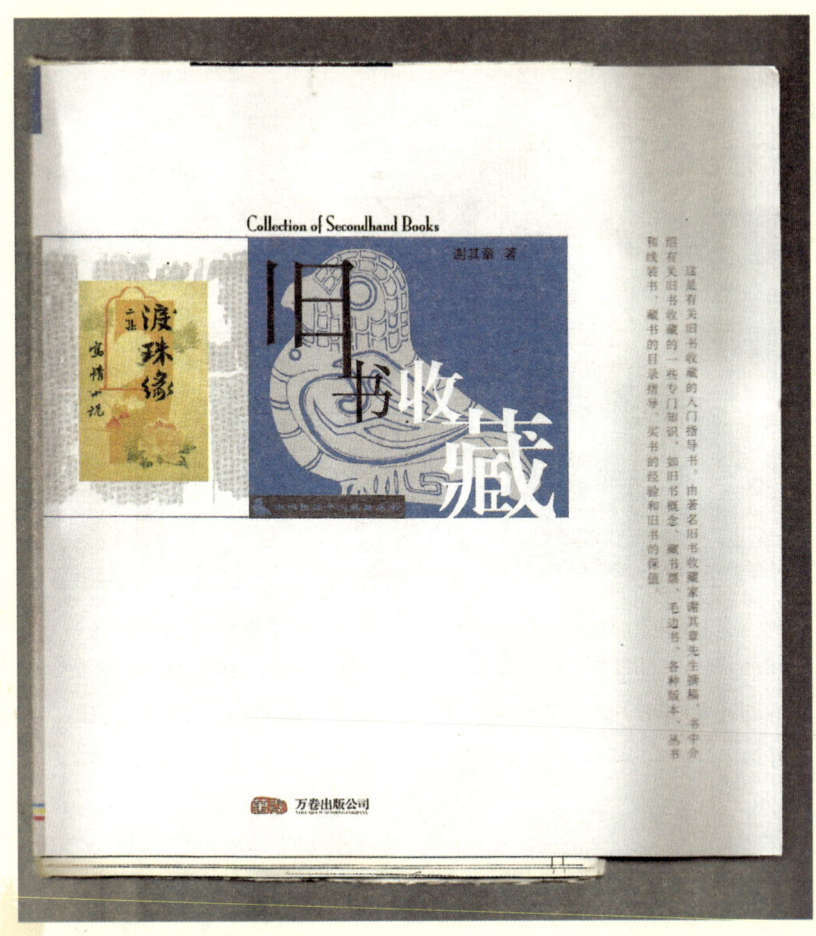

《旧书收藏》印了两次,这是二印的样书,是毛边本。毛边本具体印了几册我不了解,反正我手里只有这么一本,也许可以称之为"孤本",除非邢和明来证明"孤本不孤",也许他早就忘记有这么一码事了。

　　我在布衣书局为毛边本的《封面秀》签名。那时候毛边书尚不及今天这般火热，慢悠悠地签了几十本，慢悠悠地三天才卖掉。那时候是布衣书局"最阔气"的时代，办公地址在东单新开路的一座旧式小洋楼。

《终刊号丛话》设计效果图。记得是本书编辑蔡瑛先生寄给我的。我还记得他说过的一句话,这本书是他社最美的一本书。美不美我自己不能说,也许他指的是书里的插图。

早年间读周作人主编的《艺文杂志》,很喜欢赵荫棠这篇《穷之赏味》,穷就是穷,居然还穷出韵味来了,这就很有意思。文中引《明斋小识》里的一段:"方诚斋于岁除之夕,独坐候穷。值天微雪,寒气侵人。灯火青荧,门垣寥闃。乃以破氈蒙首,研硃点周易。"尤中意"独坐候穷",遂请厂肆书家写了这四个字。

《漫画》这书的封面，有过四五个草稿，皆不可惜，惟有这个设计稿的弃用，那条令人哀伤的紫色，那位水灾中尽职尽责的邮递员，一直让我耿耿于怀。

我的小学时代。几十年后的几次同学相聚,我都会带上几本新出的书,隔阻的岁月,隔阂的人生,不知道他们读不读,也不知道他们读了之后有啥想法。

张爱玲为什么和《万象》闹翻？

张爱玲似乎永远是热门话题，在她已经去世许多年以后，有关她的传闻依旧不绝于缕，"张迷"们对张爱玲的兴趣久盛不衰。说到张爱玲，有一个疑问，人们始终不得其解——张爱玲当年为什么和《万象》闹翻的？长篇小说《连环套》为什么也中断了连载？

"回看那逝去的光阴，飞扬的尘土，掩映的云月"，谜一样的张爱玲，张爱玲之谜。有一个很流行，似乎已被固定下来的说法是——张爱玲之所以"腰斩"《连环套》，之所以从此再不给《万象》"一行字"了，是因为《万象》在《连环套》连载之时，突然发表了迅雨（傅雷）的《论张爱玲的小说》，猛烈批评了《连环套》，致使张爱玲一怒之下，停了《连环套》，断了与《万象》的"文字缘"。

这样的推测有一定道理，并非凭空臆造，但是还有没有其他原因——更令人信服的原因呢？毕竟只为了人家批评几句就"撂挑子"，张爱玲也未免太小家子气了。

《万象》后半载的主编柯灵先生，对"闹翻"之内幕最有发言权，可惜他欲言又止，唐文标在《张爱玲研究》一书中说到：傅雷的文章一经刊出，《连环套》就被"腰斩"，以后张爱玲也不再《万象》出现。他看到了事实，却没有阐明真相，《连还套》的中断有别的因素，并非这样斩钉截铁。我是当事人，可惜当

没有在天津出成的《蠹鱼集》，却留下了几页漂亮的版面在我手中。

二〇〇八年十月十日摄于库伦旗大青沟。大青沟,沟深林密,弯弯曲曲二十几华里。近年辟为旅游景点。四十年前插队岁月,吃了上顿没下顿,情绪消沉,常听老乡们说起"大青沟",离村子也就十多里,却从未想过游玩。

我的第一本繁体字的书。编辑小蓝从电脑里给我传过来的效果图。封面好像地上一堆乱砖头。封底好像天上撒下来些什么我形容不出来。

这两本书的护封都是我自己重新做的。《书呆温梦录》原本没有护封，等于是给她加了一件衣裳；《玲珑文抄》原是带护封的，等于是给她换了一件衣裳。

 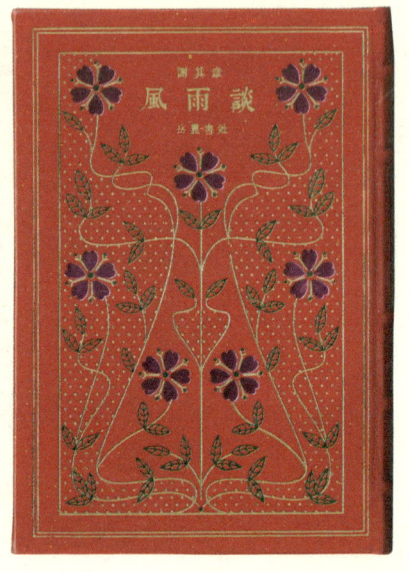

《风雨谈》的两个版本,不必挑明,就该看得出哪个是羊皮版。书出一年多之后,止庵说这书应该叫"风雨后谈",我埋怨他,你为何不早说?

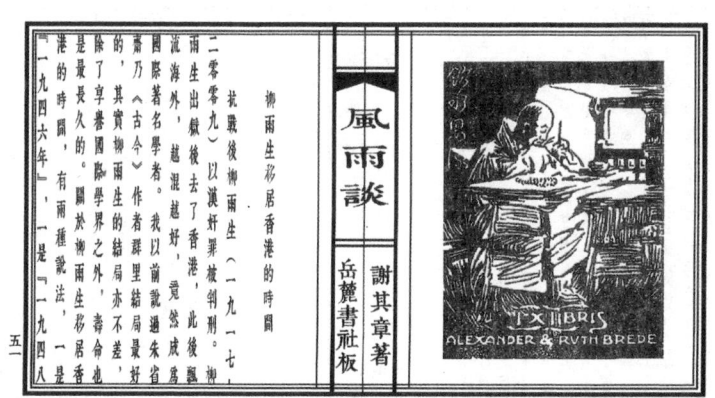

羊皮版《风雨谈》因印数少,外间罕见,所以在这里多搁几张内文的插图。这张"饮水思源"藏书票应该纳入民国书票"五珍"之里。它的收藏者是贾俊学先生。

羊皮版《风雨谈》的插页之一。王古鲁送给冒鹤亭的《初刻拍案惊奇》。二十几年前，我花六块钱在海王邨旧书铺买的，当时对签名本的好处一无所知。

　　孔夫子旧书网是淘书者的温床。我的书每种都在孔夫子能够找到，难易不同而已。我经常在那里买旧书或新书，偶尔也参与拍卖。我还会不定期地查查"谢其章"的销售记录，最新的记录是"已售"一千三百七十三本（种），"未售"七百一十九本（种）。照片显示的这十七本卖了九百元。如果再加上台湾秀威的两本及《佳本爱好者》，即为我书之"全家福"了。

其辛先生：

　　托好辛处正在做的事，再由过去以来肩传给我的大著《佳本爱好者》。我对於赠书，惟一可以报答的，也聊以自慰的是我认真拜读。除了纯粹装饰性的，譬如是国华人史学家谢正光送给我的《明遗民录汇辑》，我没有从头至尾通读。此人的书，寒舍倒有几本，如《钱遵王诗集笺校》《清初人选清初诗汇考》、《清初诗文与士人交游考》等。

　　我读书，一看有没有新材料（谱者所未用的），二看有无新说法，不然，我即不会仔细细读。譬如吉林学刊长鼎送的《中国现代文学运动史》，我不但没细看，还去信批评（五十多年的老朋友，不会生气），用石晚无新材料，也无新说法，一言以蔽之，可以不出，书了"聚珍美物"。

　　你的书，我为什么读了？因为有新材料，更你主要依据自己的收藏写的，我见所未见。另外，你买书的眼力，我望尘莫及，即使新书，我未见未闻者甚多。苦於现在我已不去书店，新从网上买书。你有时也敢说，不若傍世谈倍。

　　这次我把摩雲日记校剖本仔细读，先把其汇演了。错处相对较少。如 P.23 言之窩，引了一串打错。P.83.倒第5行至7月，缺个月字。P.120. 文载道注了，周黎唐译重，那么名教。冈子隔壁王任敬。建设不易。P.205.（袁氏学园），祐字名

离校较远，电子邮箱不便。

目 录

序　　1

一个长途电话聊出来的第一本书
　　——《漫话老杂志》　　001

照着李英豪描红模
　　——《老期刊收藏》　　015

珍爱最是第一声
　　——《创刊号风景》　　023

"这书还是你来写吧"
　　——《旧书收藏》　　034

集藏之家天生是酸葡萄家
　　——《创刊号剪影》　　042

封面尽可作秀，作人不秀为好
　　——《封面秀》　　047

我的电影记忆
　　——《梦影集》　　056

悼一本杂志
——《终刊号丛话》 068

二十年搜书自供状
——《搜书记》 077

历史的哈哈镜
——《漫画漫话——一九一〇至
一九五〇世间相》 086

一条美丽的银蠹鱼从《水经注》里游出来
——《蠹鱼集》 099

一直想出本繁体字版的书
——《蠹鱼篇》 119

做个蠹鱼太沉迷
——《书蠹艳异录》 129

书情缘未了
——《搜书后记》 144

古城西隅小书房
——《都门读书记往》 153

且借赵景深一回目
　——《书呆温梦录》　162
地铁六号线慈寿寺停一站
　——《玲珑文抄》　172
这四年的书账
　——《搜书刻记》　184
书名没有专利嘛！
　——《风雨谈》　192
我一提这是鲁迅说的话……
　——《佳本爱好者》　200

后记　207

序

什么时候有了写这本书的念头？那天在电脑的文档里找到了最初的记录"《出书记》二〇一〇年三月十四日立项"。我记得是有这么个事，但具体时间还得查日记。那天外面刮着风，阴惨惨的天色，很适宜在家宅着，也不知动了哪根筋，抄起电话给李世文电话，世文是拙作《书蠹艳异录》的编辑，我说突然想起个好书名"出书记"，世文一句话就给否了："出书记？早点了吧？"他是把出书记当成回忆录了，回忆于我而言确实早了点儿，但是就算到了那一把子岁数，录不录回忆还两说着呢。出书记的实质，可以看作个人生活的侧影，也是忆往的另一种形式。

鲁迅说过："一个人做到只剩下回忆的时候，生涯大概总要算是无聊了罢，但有时竟会连回忆也没有。"（《朝花夕拾·小引》）

不担心无聊不无聊，只怕"连回忆也没有"的人生。

我今后可能还要出书，可是对十五年里已经出版的二十册单行本作一番回顾，讲讲"出书"经历的苦辣甜酸，似乎不早不晚，正其时矣。

张爱玲透露卖文为生的感觉："苦虽苦一点，我喜欢我的职业。'学成文武艺，卖与帝王家'。从前的文人是靠着统治阶级吃饭的，现在情形略有不同，我很高兴我的衣食父母不是'帝王家'而是买杂志的大众。"

导演过《钢琴师》的罗曼·波兰斯基，一九九二年导了《苦月亮》。我抄录了其中一段台词，很像为我的《出书记》私人定制：

出版商："出版业今非昔比了，现在利润是关键，你得有之前出书的销售记录，没有人会在毫无成就的新人身上投资。"

作家："所以不出名就出不了书，这似乎自相矛盾。"

上面的对话出现在电影的第四十五分钟，第六十四分种，作家对女友抱怨："我都快四十了，还没卖出一本书！"

"先有名"还是"先出书"，确实自相矛盾。但是出版商说的也许是非作家专业的"名人"，这种情形在中国很普遍，某人在某领域特别出名，那么他出书就不是难事，找人代笔或口述，这样的名人不需要"销售记录"。一个北京的出版社想给我出书，她们还真是实地到书店和出版社调查过我以前书的销售情况。网络时代，似乎不劳腿力，上网一搜，作者的实力一览无遗。

现在从头回忆的话，我的文字第一回变成铅字，好像还是八十年代末的事情。《足球报》有个"读者来信"栏目，我写信去问了两个问题，不久，报纸刊出了我的信，并且由专家回答了我的问题，虽然只是短短的几行字，却让我异常兴奋。具体刊出的时间我刚刚查出来了，一九九〇年十月三十日《足球》报。

纪果庵在《北游记》里说到一件小事，一九四四年冬他来北平，"于削面北风中两次访谒知堂老人。"此时周作人主编《艺文杂志》，纪果庵乃作者，正好当期刊有纪果庵的文章，周作人便把杂志送给他，"特别翻出我的文字来告诉我已经发表了，大约很明白作稿人的心理，无论何时均以先觐自己作品为快罢？"所谓"先睹为快"，有两层意思，一种是读别人的文章，一种是读自己的文章。两种感觉兼而有之，此人必是作稿人。

真正投稿性质的文字变铅字，是一九九二年的《燕都》杂志，这一期刊发了我的处女作《金受申与〈立言画刊〉》。那时东四北大街有家书店，好像就叫"燕都书店"，除了专售《燕都》杂志之外，还有不少文学书。我一下子买了六本，想想还得送给谁，又买了几本。现在回想只觉得可笑，不就是一篇文章么，至于乐成这样？可是当初的兴奋劲儿，至今还记着。如今在某某杂志登一篇文章，稀松平常，已不会心生涟漪。

人们常说回忆是靠不住的，这话属于钱钟书所云"局部真理"。我上面那段话是靠回忆写的，对比一下当年当天我的日记。

一九九二年二月十八日　星期二

上午趁便去了北京艺术博物馆，一般极了，只有明清瓷器还稍稍吸引我，并不强烈。叶子上写的佛教语挺有意思。中午食客盈门。Z君的快译通坏了，让我去东四顺便修修。路过新太平胡同，迎头碰上了赵承寿，那个下午我会忘记吗。胡同里挤满了看热闹的人，礼堂里人声鼎沸。经历了奇特的十五分钟和几分钟，使劲儿保持镇定。接着到了服务部，仍是冷冰冰的"没有"二字。只得去东四南大街。在燕都书店我的预感再次灵验，九二年第一期《燕都》，我半年前的作文《金受申和〈立言画刊〉》赫然入目，太令我激动，在秦河都没忘记的事情如今梦想成真了。一气儿买了五本，又五本，又五本，我想到了要送给哪些人……在旁边的青年书店买《语文修辞讲话》，在中国书店买《上海报刊史话》。来的路上在文化艺术出版社买丰子恺画周作人诗的图文书，不错，要是彩色就更好了。

今天是正月十五元宵节，大街上全是卖汤圆和元宵的。想打个电话告诉她《燕都》的好消息，竟无一处电话可打，唉，这座现代化的大城市。

我喜欢作统计，不论是生活，还是写作，我都作有详细的记录，譬如说自成家以来每年的生活账均有统计，藉此可以知道三十几年来生活指数之轨迹。很久以前有位领导对我说："统计，统计，就是统计加估计。"他的意思是某些数据不必那么精确，大估摸即可。我所记录的各项数据，对本书的写作可是帮了大忙，也就是说没有这些数据本书根本写不成。

十五年的二十本书，总共得了多少稿费，书中均有精确到角分的统计。前几天一位当年睡一炕的插队知青打来电话，我们已几十年失联，他说我出了这么多书一定挣了大钱，我说了一个数，他好像将信将疑。好吧，等我这书出了送他一本，让他知道我没有哭穷也没有炫富，如实记录生活而已。

自二〇〇〇年第一本书至今的第二十本，基本是一年一本的节奏。二〇〇二年二〇〇七年二〇〇八年没出书，二〇〇六年和二〇〇九年都是一年出了三本。

二十本书，最少的印数是三千，最多的是八千。我估计这二十本书的总印数不超过十万册。定价最低的是十五元，最高的是四十六元。

加印的有三种，《老期刊收藏》《搜书记》《书蠹艳异录》。

一九七三年，我一整年都待在青海一个偏远的农场，我读了十几本书，其中司汤达的《红与黑》我半懂半不懂，却抄了好些书中的话搁在日记本里。有这么一段话："啊，一个伟大的策略，从计划到实行，当中的一段时间是多么残酷啊！多少无谓的恐惧，多少犹豫不决。有关生命，还有比生命更重大的——就是荣誉。"

我的一本书的"计划到实行"，当然比不了于连的野心勃勃，我就是很想把这段话抄在这儿。

二〇一五年三月到十月断断续续写就

一个长途电话聊出来的第一本书
——《漫话老杂志》

一

如果没有一九八九年春天的那次偶遇，如果没有一九九八年秋天的那个长途电话，我的第一本书也许还是会写出来并出版的，可是也许就不会是现在这个内容，也许还要来得更迟些。

人生或许有拐点，我的拐点即上面的两个"如果"。

一九八九年四月十五日，中国书店春季书市，我利用午休时间去书市看看有什么可买的书。姜德明先生回忆淘书生涯，多是利用午休和下班的那点儿时间逛东安市场的旧书铺，东安市场与人民日报社同处王府井大街，溜达着就去了。我供职的单位离琉璃厂不远也不近，若是晚上下班再去，书店已关门了。我的家离琉璃厂更远，古人云"勤以赴遇书之会"，可是少了"地利"，毕竟不够便捷。有时想，若"家在书坊边"（林海音语），我的古旧书启蒙说不定不会人到中年才姗姗来迟。

不管什么原因吧，四月十五日的这个中午是决定性的，我的民国书刊之旅，扬帆首航。

  书市有新旧之分，如果是新华书店举办的书市，卖的多为近年所出新书，而中国书店它的经营范围以古旧书刊为主。以趣味论高下的话，当然是中国书店的书市来得有趣，古语有云："衣不如新，人不如故"，书即人，人即书。虽然我知道旧书的趣味很晚，但是一旦知道，便急起直追。

  从泛泛地收集旧书到专心收集民国杂志，其间的距离只是一步之遥，而我却走了较长的时间，我的另一个大爱好集邮拖了后腿。甩掉集邮专心致力于民国杂志是六七年以后的事了。可以这么讲，中国书店书市只是第一道门槛，迈进这个门槛比较容易，对我而言，第二道门槛是海王邨里的中国书店门市部。书市只有春秋两季，加起来不过二十几天，而且"甩货"（减少库存）才是办书市的真实目的，所以书市里见不到什么民国书刊，只有门市里常年摆放着较稀见的古旧书刊。所谓摆放并非触目皆是，真正的稀缺佳本明面上没有的，店家也不会拿给我这样的生客。

  现在回忆，我从未享有哪怕一次的高等待遇——"延入内柜"，随便看，随便挑，随便买。吴则虞一九五八年在古籍训练班上讲了一段话，透露了一点儿旧书店经营之道："过去琉璃厂一带古旧书店分三层，外层供一般读者浏览，第二层是供学者专家挑选的，第三层即所谓内院，是专门迎接宰相，官僚们购买名贵书籍的。"吴则虞的表达有不够恰当的地方，但主要意思说对了,"人分九等,贵贱有别。"这样的情形,今日照旧。

买旧书完全不像买新书,此中门道,前人已经说了许多,我们惟有好自领会。

我为什么选择民国杂志作为主项,虽然现在证明这个选择是对的,可是最初的动机是什么,不大能够说得清楚。一位德国藏书家说:"在非书籍物品中,杂志与书籍是最为接近的,需要加以特别的关注。如果我们不是想零零碎碎地买来阅读,而是意在收藏的话,就会发现,杂志收藏比书籍收藏困难得多。"

日本哲学家户坂润(一九〇〇——一九四五)在《应如何选书》里讲:"我的兴趣里有着我自己也不太清楚的某种系统,其中分布着有可能形成主题的枢纽之处(station)。将相关的书买来保存,在枢纽与枢纽之间,不知什么时候就会发现意外的关联。"

一九九二年二月二十六日,我在海王邨买了平生第一本民国杂志《人间世》,当天日记:"晚上回到家仔细品味《人间世》,许多文章是过去从未见过的,真称得上'开卷有益,掩卷有味',别一下子看完,人生还长着呢。"在我的淘书生涯里,得益于北京大小书铺,海王邨惠我尤多。

二

自《人间世》开始,一发不可收拾,朝着一个无形的目标迅跑。

跑了三年，忽然想起该为这些得之不易的民国杂志写点什么了。说起作文，自忖不算外行。小学四年级，全年级就一个学生期末考试得了双百，这个学生就是我。中学，我的作文经常被语文老师作为范文朗诵。大学四年，我念的不是中文系，我的作文《我读〈阿Q正传〉》却被中文系的老师作为范文当堂朗读，老师说："我今天忘了带眼镜，可能念不好有损这篇文章的光芒。"夸得我不好意思起来，老师还叫我站起来认识一下。有趣的是，妻子比我低一年级，她念的是中文系，有一天她回家跟我讲："今天上课老师念了一篇作文，老师说这位同学念的是财经，他的作文我们中文系的同学却写不出来。"我说，正是在下。

一九九四年，我的第二篇习作《我的杂志世界》刊在《收藏》杂志，还配了图片，图片是我拍的。此文的意义在于给我的文章定了一种模式，即文必附图，一文一图或一文多图。再往后我出的书也走这个模式，每书必附插图，插图必出自私藏。止庵先生曾说"你是沾了读图时代的光。"

这一年年底，我的小文《从头收拾旧河山》于《集邮》征文获得名次，并参加《集邮》座谈会，中央电视台播出座谈会剪辑，这是我第一次出镜，对着镜头我不会说话了。我明白了，当众说话与面对镜头说话非我所长。

一九九五年，我写出了两篇稍具质量的作文（《闲话〈古今〉》和《〈杂志〉杂谈》），得以刊发在《书与人》杂志。我将这两篇文章复印下来，好像送书似的送给过藏书家田涛及某些人。如此幼稚的举动，真亏你拿得出手。

在我的第一本书之前，是长达八年的投稿史，数量达一百多篇（含一稿多投）。写作水平未见提高，写作经验确有成长。散篇数量再多，也不如出一本书。出书的机会终于由一个偶然的电话被我等到了。后来我才明白前面的散稿并没有白写，编辑要我寄过去几篇看看，实质就是考察我的写作能力。

三

一九九八年九月八日上午，翻看山东画报社所出《老漫画》，忽然一个念头蹦了出来，马上抄起电话打给《老漫画》编辑部，是一位女同志冯雷（《老漫画》执行编辑）接的，我跟她聊起我对《老漫画》的看法，当时辽宁出现了模仿《老漫画》的刊物，稍早山东画报社的《老照片》带动了"老字头"读物的风行。我的看法是《老照片》是人人关注人人能投稿的刊物，而《老漫画》的读者面相对窄多了，能写作老（民国）漫画的作者少之又少，我形容为"作者就是读者，读者就是作者"。我建议冯雷考虑《老杂志》这个选题，其实这个建议是欠道理的，能写作老漫画的作者少，能写作老杂志的作者不也很少甚至更少么？《老照片》即将迎来百期大庆，《老漫画》只出了六期即悄无声息停刊了。冯雷对于图书市场的了解，肯定比我这个外行要深刻得多，她没有扫我的兴头也没有截我的话头，反而很职业很敏捷地说："何不由你一人来写一本老杂志的书？"

这个长途电话之后，我写了几篇民国漫画的小文寄给冯雷，陆续在《老漫画》刊出。

冯雷坐言起行，九月十四日即打来电话，称她爱人刘国兴今日抵京，要来我家谈出书之事。刘先生在山东友谊出版社任职。

一步一个脚印，日记作证。

九月十六日日记："山东友谊出版社刘、徐两位光临寒舍，谈了近三小时，看了我收藏的民国杂志。最后大概定格为出一本我个人的书，关于老杂志的。我头脑一点儿没热，几次的打击使我冷静多了，只不过证明我走这条路还行，近半年的动作已出成绩。"

十月十六日日记："晚正做菜，冯雷来电话。赵望云那篇已三审，可能刊第三期《老漫画》，明年见了。她说有空专程来北京谈出书的事情。她讲范用送她一大堆民国漫画杂志让《老漫画》作插图使用，只字不提稿费很感动她，范用还送她到车站担心她不识路。姜德明家她也去了，看了许多旧杂志。"

十月十九日日记："山东友谊出版社刘国兴打来长途，称本月下旬研究选题时讨论我的书。"

十一月十八日日记："刘国兴电话，告诉我选题基本通过，命我再寄几篇旧作审查一下写作能力。如选题通过，时间够紧须马不停蹄地写十五万字，约六十篇，写尿了算。"

十二月七日日记："全副武装出发，虽下了小雪，地面尚可行，顺利到了公司。在地下通道出口，那个一年来一直在此卖交通图的人不明白今天我为什么会买一张，有可能结束了。老板和我谈了公司前景，接着俩人逛北辰，然后到小关地税所办了入网手续，下个月在此交表。一进这个衙门口我头就大，规则如小孩的脸说变就变，折腾人儿玩。在以前经常听售票员喊'小关路口'的地方，我跟老板说您另找人吧以后用得着我再说。打的在386站分手。我就这样决定辞去了有可能是今生最后的一份受体制保护的工作？"

我的老板不是一般人，大型革命音乐舞蹈史诗《东方红》有名吧，她是独唱演员，《情深谊长》"天上飞来金丝鸟"，邓玉华是A角，她是B角。我看过她的剧照，六十年代标准的美女。为了专心写作第一本书，我没有能力一心两用。

一九九九年三月十日日记："接刘国兴电话，选题通过，六月份交稿。"

三月十七日日记："上午去复印，效果仍不佳。"

复印的是旧杂志的封面，作为书的插图。第一本书的插图全部是复印件，以后就是照片或扫描件了。为求得较好的复印效果跑了很多的路，如今复印乃轻而易举之事。

三月二十一日日记："今天开始集中精力写书稿，第一篇写

《琉璃厂的"杂志大王"》。但愿如期完成任务。"

三月二十二日日记:"写完杂志大王。接着写《集邮》杂志。晚小红电话,居然说出'南有《随笔》北有《读书》'这样的话。"

三月二十四日日记:"上午其相电话,正好在写《足球世界》,聊了二十分钟。"

四月一日日记:"拼命写稿,今一日竟完成三篇。老话'赶早不赶晚'务必下月完稿。凡事欲成功必早谋也。"

五月十二日日记:"下午接刘国兴电话,问书稿进展,命六月上旬交稿。"

五月二十五日日记:"仍写稿。寄刘国兴复印图片若干,他要看看图片质量。"

五月三十一日日记:"今天写完最后一篇,共得五十九篇。明天开始抄。"

六月二日日记:"仍抄稿,边抄边改,满意的地方不多。"

六月四日日记:"昨天刘国兴电话,称复印件收到,告诉我别折,怕影响图片效果。"

六月二十五日日记:"刘国兴电话,一周后来取稿,刚刚抄完就来电话,办事像秦河。"

七月七日日记:"今日在旧居大干一场,扔垃圾,收拾厨房和厕所,当年冲天的干劲又复活了。中午小春送饭,王爽送来糖饼。天一直下雨,所以不热。干完活躺在二十年前自己做的床上感觉空房子。许多往事无声无息地在这三十几平米的空间滑过去了，那是五千个日夜呀。晚归，知冯雷来过电话，十点电话又打来，她在北京，明天来取书稿。"

十月三日日记："天气尚佳，与小春骑车去白济民家。九点半出发，十点半到。锁车时碰到王静学，一起上楼。陆续来客有：张子深，关陆和，塞德民。看到塞德民，她使我想起三十一年前那个冬天的夜晚，知青们正蜷缩在炕上和社员们开会。有两个穿军大衣的北京人找塞德民，也不知是谁告诉他们塞不在这个队在下勿兰生产队。席间畅谈甚欢，聊起了许多插队往事，几个人都说来我们哈拉一队没人招呼吃饭。杨民四点才来，客纷纷告辞，我为看看等候已久的中韩足球没走等到六点。只我一人看球。回家与杨民一路，问及电脑连打印机六七千元能够买下。收冯雷信，说刘国兴正在看《漫话老杂志》书稿。"

十一月十八日日记："刘国兴电话，除了《八道湾的钓鱼迷》，其余都通过了。马上给姜德明打电话，答应写一千字序，我说二千字显然唐突了。刘国兴今天提到合同的事了。"

二〇〇〇年一月二十日日记：（说明一下，这天的日记有一半已收入《搜书记》，为避免重复，只抄未收的一些话，总之这一天的兴奋，均来源于收到《漫话老杂志》的清样。）"激动地又从传达室回来了，大衣也没脱，就打开包看了起来（清样），第一次出书的感觉真好。如果以后有幸出第二本还能有这种兴奋吗？给爸也打了报喜电话，他正在感叹躲在又冷又什么的屋里愧对祖宗。给小赵也报了喜,当然未敢过于自鸣得意。有如刘心武所言,被自己的文字所感动。努力终有回报,高兴得午睡也不睡了。陈念电话,对我的文章极有好感,决定赠我一年报纸。问我有无笔名,随口把'言立'给她。一得一失,陆璐电话,她的版面已不适合登我的稿子了。"

一月二十九日日记:"收到刘国兴寄来的合同及封面小样,小样不理想,关键的问题是作者写成了'谢其章编著',马上写信给刘国兴要求去掉'编'字。不知是技术原因,还是别的什么。"

二月十六日日记:"上午将书稿清样,合同连同姜德明序一并寄给刘国兴。"

二月二十六日日记:"吴立新电话,告诉我姜德明给《漫话老杂志》写的序,湖北《书友报》刊出了。下周他把报纸给我带到报国寺。"

三月十六日日记:"晨未起床,接黄成勇电话,问《漫话老杂志》进展,要去刘国兴电话,又说毛边本无论如何留两本。"

四月十七日日记:"我要算耐得寂寞之人吧,也真寂得可以,连窗外脚手架上刷墙的工人兄弟,对于我这个老白天在家的男人也疑惑了,指什么活呢?也真是的,有点儿像青海深山里出民工那滋味。中午寄出给刘国兴信,问有无作毛边本可能。十堰傅天斌来信问《漫话老杂志》进展。"

四月二十四日日记:"上午刘国兴电话,出书很难,颇惊险,我的书差点出不了。别想那么多了，能出就是万幸。封面小有改动，毛边给我留二十本。黄成勇处他去联系。"

六月五日日记："接刘国兴电话，书已印好，毛边本只印了十册。书脊由于胶水尚未干透所以不够平展，先给我打个预防针。又说另外十册按六五折算，我估计到手的稿费也就三千多一点。还说《书友报》几次均无人接电话，所以未敢应作毛边。"

六月十五日日记："中午接刘国兴电话，书已寄出，毛边三本普通本两本。毛边他和主编各留了一本。这是我和他自策划出书以来的第十七次电话，他费心了。"

六月十七日，终于收到了《漫话老杂志》样书。这天的日记已收入《搜书记》，现只将未收部分抄一些，接不上话茬的地方请读《搜书记》："一眼即望见那包书，终于是书的外观，书的形式，不然写上千万字也是散落一地的珠子。邮递员交给门卫的四个邮件竟有三件是我的，除了书还有两张汇款单。《旧书交流信息报》结了五月的稿费，四篇给了六十五元，仅比白写强一点儿。五本样书四本有磕碰，且先给自己留下一本普通的。书前连个扉页也没有，后环衬也没有。兰兰竟怀疑我出书了，说是个'精选本'吧。使劲地翻看，想起和老板在那个路口分手的情形，不就是为了这本书么。"

四

真的拿到实体书了，还有一些小的故事可说。六月二十日刘国兴来电话，告诉我《漫话老杂志》于三联书店及西单图书大厦上架了。能在这两个书店摆上我的书，是个荣幸，原来没敢这么想。

刘国兴说缺前后环衬也许是凑印张吧，还说有几张图忘了圈线。我翻开书，看到第二一四页的《新青年》、二一九页的《新文化》、第二八三页的《藏书印与藏书票》忘了圈线。图片单占一页，还是文图混排，这两个方法，现在我是觉得前者较美后者显乱。文图混排很不容易处理得恰到好处，图片的忽大忽小，颜色的忽深忽浅，都会引起影响阅读的连贯。图片单占一页，好处是不会干扰阅读，好比各有各的屋各有各的床。文图混排最直接的危害是，忽然这几行是二十几个字碰到图片文字就得拐弯变成十来个字一行，我见过最极端的例子是文字被图片挤成三个字一行，不像话。

图片单占一页，也有个比例匀称的问题，《漫话老杂志》未能处理好这个问题，图片尺寸不统一甚至"出血"。关于图片的毛病，在我以后所出的十几本书几乎每一本都会发生，甚至发生在封面。

第一次出书，当然要送朋友，书上还要写一句话吧。关于写什么话，我是动了脑筋的。最煽情的是写给胡桂林的"知书者兄也，知我者兄也，兄当能读出纸背的辛酸苦恨。"

八本毛边，自留一本，其余分别送给胡桂林，龚明德，赵国忠，吴立新，柯卫东，姜德明，刘福春。刘福春后来将书转送给黄少东，黄少东是新崛起的一代"毛边党"的狂热分子。多少年多少年之后，我的微不足道的第一本书的毛边本"日后不知落谁手，雪泥鸿爪少留因缘"，若赶巧翻到此页，为"流传有序"留个记号。

一总送出二十六本。龚明德写信来挑出好些个错字（如"盖"应"概"；"壁"应"璧"；"篇"应"编"；"哲"应"蛰"），他说以后出书他来校对。赵国忠是在电话里挑错字。中央电视台文艺频道楚红霞在图书大厦买了一本，向刘国兴问到我电话。她主导"世纪回眸"栏目，想通过这些老杂志找些文化老人作访谈。

因为这本书，认识了一位上海文化老人，老人所收藏所经眼的老杂志之丰富，似乎只有北京的姜德明先生可与他相提并论。在以后的岁月里，我碰到民国期刊的问题可以继续向姜先生讨教，又多了一个上海渠道。

几年后，范用跟我说起《漫话老杂志》，以为是本漫画的书《漫画老杂志》，"漫话""漫画"同音。

《漫话老杂志》版权页：二〇〇〇年五月，印数四千，定价十五元。

稿酬得三千六百八十二元五角。少是少了点儿，但结算很快，书出一个月后就结了。

三联书店进《漫话老杂志》十五册，后又进二十册，总三十五册。谢谢那些买我第一本书的读者。

还有一个统计数字，一九九九和二〇〇〇两年，我向报刊杂志投稿四百三十一篇，刊出三百四十七篇，中稿率百分之八十。这些数字说明够奔命，够无奈。王朔曾说，"写那些个散篇小文章有什么意思，要写就写大的。"

照着李英豪描红模
——《老期刊收藏》

一

张爱玲说过"生命有它的图案,我们惟有临摹。"我把这句话用到写作上,自认为亦是恰当的,事实也的确如此,我的第二本书完全参照了李英豪的写法,尤其是题目,几乎亦步亦趋。这个作法当然算不上抄袭,因为李英豪的文笔我是学不来的。

李英豪的资料:香港人,一九四一年出生,原籍广东中山。在香港长大,少读于香港皇仁书院,后入罗富国师范学院。毕业后出任教职,继而专门从事写作。曾任香港现代文学美术协会会长、国际绘画沙龙主席、《创世纪诗刊》香港编委,并创办《好望角》文艺半月刊,还成为《香港时报》之《浅水湾》文艺副刊的主力之一。曾获台湾诗评大奖,其剧评及画评亦颇受推崇。七十年代致力于剧本创作和翻译。近年专心研究中国兰艺学、养花学、禅学,并在香港电台主持文化节目。曾获《笠》诗刊第一届诗评论奖。主要著作有:《批评的视觉》《小说与神话》《萨特戏剧》《卡夫卡论》《给煜煜的信》《同心之言》《诉衷情》《山外有山》《南极旅情》《李英豪迷你小说》《香港格子人》《庄子与香港生活》《易经与现代生活》《禅与香港生活》《古董玩具》《鉴别古玉》《民间古玉》《护身玉》《保值白玉》《保值田黄与印石》《庄子与香港生活》《茶艺》及有关花鸟虫鱼的系列丛书。

我知道李英豪并不是从上述介绍得来的，对个人经历没大的兴趣。李英豪的"收藏系列"在席卷全国的"收藏热"下被引入内地，最先是价格昂贵的港版书，每本小册子均超过一百元。李英豪涉猎面很广，珍邮，玉石翡翠，古董腕表，墨水笔，瓷器，紫砂茶壶，字画，钱币，凡三十余种，皆出版有专门之书。我买了十几本，均为感兴趣的集藏品种。以我的收入买不起任何品种的任何一件，可是一点也不妨碍我心情愉快地倾听李英豪讲述收藏的理念，尤其是港版书丰富且优质的图片，已然大饱眼福，何必真正拥有。

辽宁画报出版社可能是谈下了李英豪的内地版权，将李的收藏系列全部出版了"辽画版"，虽然印制也非常之好，我却一本也没买过。我有一个买书（版本）原则，只能"从低往高"，不愿意"从高往低"。收藏图书有必要遵循收藏的理念，如果是纯为阅读的图书，就不必要过于计较版本的高低。

写完《漫话老杂志》之后，我的感觉已经"写无可写"，怎么又出了一本《老期刊收藏》？记忆里是空白，只好查旧日记，在二〇〇〇年十月二十八日日记里查到一条线索，详见《搜书记》一三二页。原来我预谋写一本叫《创刊号风景》的书，给《老照片》的编辑在电话里说了这个事，他们当了回事，派人光临寒舍。这书最终没有在山东画报出版社出成（二月二十八日中午收《老照片》冯克力信，创刊号书稿一事告吹）。二月二十日，将书稿大纲同时发给辽宁画报出版社和山东画报出版社。三月二日，辽宁画报出版社邢和明回信，并送我一册他社所出李英豪的书。程序仍为书稿意向、报选题、签合同。

原来《老期刊收藏》是本人"投石问路"之产物，呵呵。

二

前书名称"老杂志"，后书名称"老期刊"，"杂志"与"期刊"有区别么？笼统地讲，本质的区别是没有的，只不过是同一事物的两种称谓。老百姓习惯叫"杂志"，作研究的习惯叫"期刊"。"杂志"古已有之，"期刊"则是现代的名词。《图书馆学辞典》"杂志"项下："又称为'期刊'，如周刊、旬刊、半月刊、月刊、双月刊、季刊、半年刊等，甚至不定期而有继续刊印发行的刊物，都包括在内。"该辞典"期刊"项下："按期继续刊印的杂志。"

从字面抠的话，"期刊"没有外延，"杂志"有外延，宋代周煇著有《清波杂志》，实质是书而非现代意义的"杂志"。只是到了现代，"杂志"才成为专用名词。

我前面那本书名用了"老杂志",本书不好重复只能用"老期刊",说来这都是无能的表现,那几年以"老"字打头的书名非常时髦。如果是现在,我会把"老"换成"民国",因为"民国"又成了时髦语。另外的一个局限是,《老期刊收藏》乃辽宁画报出版社"中国民间个人收藏丛书"之一种,如果说《漫话老杂志》的"漫话"还稍稍沾点儿文学味的话,"收藏"二字距离铜臭味可不远了。我的朋友赵国忠,最烦"收藏"这两个字眼,经常批评我"你别老写收藏!"

回忆《老期刊收藏》时未能找到"投石问路"的信,所以原来设想的"创刊号"怎么转到"老期刊"了,暂时无解。"创刊号"没有废掉,过了几年它在北京图书馆出版社"复活",而且将我的写作带到一个新的平台。到什么山上唱什么歌,在恰当的时候出恰当的书,那只无形的手,有如仙人指路。

三月中旬开始写书稿,在日记中感叹"出了这本书之后估计再无啥机会出第三本了吧?"

这次书稿要求五万字,一百五十至二百张图片。三月二十二日邢和明来电话,对我拍的照片不大放心,他是看见《中国收藏》上我文章所配的书影了。

拍摄书刊比之拍摄人物风景,对于照相机的要求是不一样的,而我所用的照相机属于一般家庭逛公园拍个照留个影的水平,拍不了书刊的,硬要拍,多数照片是虚的。我又没有钱买高级照相机,所以一直凑合着胡拍。报纸对于照片的要求不特别严格，所以我拍的图片往往得以蒙混过关。二〇〇一年三月二十六日《人民日报》系统的《市场报》刊我文章《雅人正自难索》，日记"自己拍的彩色照片第一次上报，挺高兴。"

几年来我拍了上百卷的书影，一卷三十张算的话，总计三千余张。最多一天拍三卷。有时候在阳台拍，有时候到楼下拍，邻居见摊在地上的老杂志说了一句"这些书都是旧社会的吧？"

我每次拍完要作个笔录，时间，阴晴，速度，光圈等等，夹在相册里。小本相册正好容下三十来张照片，编上号，用哪张再洗哪张，底片单放也编了号。这项工作做了八年，直到买了扫描仪，再也不必为照相费心了。说来我的照相技术一直原地踏步，感谢扫描仪救了我。想想为拍照图片"呕心沥血"的日子，实在不愿回到过去。

最终《老期刊收藏》里的图片有一半是邢和明来我家重拍的，书里好照片都是邢先生拍的，差的都是我的手艺。为什么邢先生没有全部重拍，因为有的杂志不在手边。邢先生此行另有任务，让我推荐能写《古书收藏》和《旧书收藏》的人选（我推荐的是孟宪钧和赵国忠），他还要去上海拍张文标小人书的照片。

三

三月十六日开写,第一篇写的是《影印本的价值》,得一千字。十八日写《合订本》,得八百字。十九日一天写了《按图索骥说目录》《专收"专号"》《杂志贵在整份不缺》三篇,总计三千八百字。二十与二十一两天都是每天写三篇。我总结经验,一天三篇是上限,不能再多了。我作事有一原则"赶前不赶后",也幸亏前面抓紧了,四月份父亲动手术住医院,五个孩子黑白天轮流陪护了三周,哪里还有时间写稿,再动笔已是四月下旬。

六月四日全部三十二篇写完,四百字稿纸,厚厚一沓。再用同样厚的一沓稿纸抄一遍,权当练钢笔字了。抄比写快,最多一天抄过六篇。

文字稿完事,图片备齐,还剩一项工作,写图片说明。图片说明,我学的也是李英豪风格,十几个二十几个字的说明,看似容易,其实很是考验文字功夫。

六月八日挂号寄出书稿连同一百七十张照片。日记"我的第二个大希望飞向辽宁。"

九月十三日收到校样,"我错以为跟上本书似的,紧张地打开一看,一本鲜艳华丽的新书蹦了出来。"

九月十七日寄回校样,改正二十多处错,又加写了二十多条图片说明,增加了四张照片,还写了一句话希望作几本毛边本。

十二月十六日，前一天听说海淀的中国书店上了些旧书，几个书友约好赶去看看。莫道君行早，还有更早一步的淘书客。本来旧书的量就不多，你稍迟一步，好书即与你无缘。在中国书店听经理讲《老期刊收藏》他们已经进货了（五本），经理讲昨夜值班把书看完了。我自己倒不知道书已经出来了。只隔一天，十八号样书寄来，没作毛边。

几位好友是自己掏钱买的这本书，柯卫东是十六号那天买的，我就在边上。韦力是二十一日晚上来电话，说买了一本。胡桂林是三月九日在邃雅斋买的。闻立鹏是一月五日买的，他说左联、解放区的刊物收得太少，书价三十六元稍贵。和宏明是四月十三日买的，称不如第一本，图太多，文字太少。龚明德说他是六月某日在成都买的。冯传友是二〇〇二年十二月在鲁博书店买的。

上海姚桐椿先生写了篇书评《读〈老期刊收藏〉》，他说"《漫话老杂志》与《老期刊收藏》一样图文并茂，《老期刊收藏》以图为主，彩色精印，就此而言，《漫话老杂志》犹如蓬头粗服的村姑，是不能和《老期刊收藏》比肩的。"

姚先生很细心，他指出有几处的图片是重复的。他批评说"图片选择不严，内容畸轻畸重。一方面，某些期刊选用过多……另一方面，从时间上讲，近代（一九一九年之前）期刊选用过少；从地域上讲，根据地解放区期刊、抗战时期大后方期刊选用过少。因此，本书的图片还需精心挑选、调整，才能把质量提高一步。"

对于姚先生的这个批评，我感觉有点儿委曲。我写的不是期刊史，只是个人渺小收藏经历的一个侧影，所有材料（图片）全部来自可怜的私藏，难免个人偏嗜的流露。

我很感激姚先生十几年来对我每一本书的批评，先生每次来信我都夹在相应的书里。这样的读者在侧，写作时"如履薄冰"。

有一位菲律宾华侨许先生，在泉城古玩市场意外买到《老期刊收藏》，给我打来电话，也喜欢老杂志，但是方法与我大异，他只集封面，撕下封面后杂志扔掉。哇啦哇啦说了半小时，我确定不会再来往了。

《老期刊收藏》一印二千册，二印也是二千册。合同订的不是版税，所以我所得与印数没有关系。二〇〇二年九月八日收稿费九千四百一十二元八角。稍后，《读者》系统的《读者欣赏》杂志选载拙作，给了我八百元，给辽画社八百元，邢和明又转给我一半四百元。

珍爱最是第一声
——《创刊号风景》

一

这是我第三本书,给出版社报《出书记》选题时,我记错了把它排为第四本,把《旧书收藏》排为第三本。怎么会记错?是不是因为《旧书收藏》与《老期刊收藏》都经邢和明之手,给我以"前后脚"的印象。其实我在写《老期刊收藏》的时候,已经在策划《创刊号风景》了,甚至在没有得到出版社认可之前已经写作了好几篇,《旧书收藏》的策划要晚于"创刊号",查清这些,还是得益于我的日记。

我的上海朋友冯建忠,被誉为中国收集杂志创刊号第一人,很早之前,数量即过万,不乏《东方杂志》《新青年》这样的名刊。冯建忠之所以有如此大的成功,得益于上海是出版业最发达的大都市,这是地利。创刊号很适宜办展览,八九十年代"展览热"勃兴,逢重大纪念日必有各项展览,这是天时。冯建忠的创刊号不但数量多,而且品种繁多,纪念"五四",他能拿出一批新文化运动创刊号；纪念国庆，他也拿得出一批"国庆号"；体育、军事、名人等专题都难不住冯建忠。我跟他开玩笑，你快成了"展览专业户"。后来冯建忠真的办了"创刊号博物馆"。

"创刊号"还真是迎来了一波热潮，我的朋友里有几位一时间热衷收集创刊号，简直着迷，不断刷新本市纪录，一千本，五千本，一万本。报纸的收藏版也乐意报道他们的事迹。有那么几个月的时间，我亦着迷创刊号，居然还统计过数量，不过几百种而已。我才明白一万种，是个多么了不起的数字。迷归迷，但是我很清醒地知道"惟创刊号论"是死胡同，海量的创刊号伴随的是海量的垃圾。

董桥讲过一个外国的追求创刊号的故事："藏书家古尔登（R.J.Goulder）小时候经常向爷爷借旧《河滨杂志》看，后来走遍大城小镇的旧书铺，立意搜访全套《河滨》。他找创刊号找得最苦。一天，走进一家书店去问，老板摇头说没有；他走出去随便看看橱窗里那一大堆书，居然看到角落里有那本创刊号，马上进去追问老板，老板摸不着头脑：原来创刊号摆了十几年，连他都忘了！"

话说冯建忠领衔主演的这场创刊号大戏影响有多大吧，二〇〇〇年年底，库存雄厚的中国书店期刊门市部居然推波助澜地办了一场民国期刊创刊号展，且展且销。前面说到的创刊号热，之所以热得起来，是因为价格便宜，一两块钱一本，买得多还可以便宜。据我所知，玩创刊号的人里只有冯建忠是新旧兼收，也敢出价。还有一位黄开恒，此人玩得最精，所谓精，就是只收藏民国创刊号，新中国的一概不染指。中国书店一九九三年的第一场古旧书刊拍卖，有民国创刊号一组（七十种）上拍，被黄开恒以一万元竞得。除冯黄之外，其他人极少涉足民国杂志，所谓几千本若全是民国的创刊号，不大可能。

中国书店这回拿出来展销的创刊号，我认为是库底子，其性质接近"底本"。幸好开展的那几天，冯远在上海，黄远在香港，无人与我竞争，我一个人吃独食。这次过目的民国创刊号不下五千种，"偃鼠饮河，不过满腹"，我的胃口很大，我的财力很小，所以我所购不及五千种的十分之一。可堪慰藉的是此次购创刊号我没有留下遗憾，没有哪一本我看中的创刊号从手边溜走。

还是那句话，海量的创刊号伴随着海量的垃圾。对于垃圾的认识允许乐山乐水，其他收藏品种亦普遍存在这种分歧，或许别的门类的藏家连我精心选购的创刊号亦视为垃圾。收藏，哄得自个儿开心就行了。

有了这批民国创刊号的入手，略具底气，才萌发出写本书的念头。

二

二〇〇一年十月十六日，我将创刊号书稿的意向寄给了西苑出版社。三天后十九日接到西苑出版社王先生电话，对选题有兴趣，约下周面谈，王还说图片可用扫描的方法。二十二日上午接王电话让我下午二点带着创刊号来社里，过一会儿王又来电话称改明天。明天电话却没人接。三十一日上午我给王打电话，人在，称刚从山西回来，陪冯骥才去的云云。又称下周见面谈。

二十几天没消息，我沉不住气了，十一月二十一日给王先生电话，他说仍有戏，过两天面谈。二十三日上午给西苑社电话，告诉我说社长出去了，下午来我家。当天我的日记："半信半疑，下午果然没来人也没来电话。打住，打住，'上杆子不是买卖'，绝不再主动问一句了，他们来电话再说，不来的话，千万别一个劲儿地表诚意了。"

果然，西苑社再无消息。我反思后决定，先把书稿写完再找出版社，不然的话，只凭几本创刊号确实单薄。我给华侨出版社也打过电话，人家也是说看过书稿再谈意向。

二〇〇一年十一月二十八日，我把《创刊号风景》的七十篇题目拟出，开始一篇一篇进行。自认为题目起得有几分诗意，譬如《词学季刊》的"一曲新词酒一杯"；《无名文艺月刊》的"有名皆自无名来"；《水星》的"抬头见星，低头见水"；《苦竹》的"夏日之夜，有如苦竹"；《文饭小品》的"文人吃小品的饭"；《茶话》的"浮生半日共茶话"；《论语》的"半部论语治天下"；《人间世》的"人间何世人间世"；《学海》的"学海无涯苦作舟"。有朋友误以为我能背诵许多古诗词，我说哪里哪里，是过去年代的杂志名字起得好。

这本书没有再走李英豪之路，但是另一个人，必须提一下并感谢他。台湾八十年代出了一本特别有意思的书《大书坊》，里面全是港台作家谈藏书谈书房谈读书谈遛旧书店的文章。其中张腾蛟的《蒐集杂志创刊号》最是与我契合，读得我心驰神往。这书在内地不好买，一位书商托台湾朋友弄了一本，我出了于当年要算顶高的价，愣是"强买"下来，视若拱璧。张腾蛟谈的是台湾杂志创刊号，我并不眼馋，我所喜欢的是张先生笔下的那一味儿蒐集的情趣，仿佛人生至乐莫过于斯。

如今回想，那时的写作干劲儿真足，也静得下心来，一天一天，一字一字地在稿纸上爬。在农村时，老乡形容走长路或割庄稼，有一句话"不怕慢，就怕站。"我总结这些年爬格子的经验，不外乎这六个字。这里要感谢内子，这本书是她用电脑，我写一篇她打一篇。二〇〇三年二月二十二日，书稿告竣，到小店出盘，费用五十元。

还有一个情况促使我加紧写作本书。鲁迅博物馆萧振鸣先生某天，透露一个正在预谋的选题——《中国现代文学期刊图典》。参与者有鲁博，现代文学馆，和宏明。我那可怜的一点收藏，不及这公私几家的一个小指头。如果我不抢先出书，开风气之先的我将沦为跟风者。

费时十五个月，《创刊号风景》写完了。其间北京出版社杨良志先生对书稿有兴趣，天津百花文艺出版社张竞毅先生有兴趣。认识杨良志是因为他主编的那十六本开创性的"书话丛书"，那是一九九六年的事了。我们的友谊二十年了，到今天我也没有在杨先生手里出过一本书，只编过《邓云乡讲北京》一册。张竞毅先生只是感兴趣，并未进一步行动。倒是我另外一本关于民国漫画的书，差一点在张先生手里出成。虽然最终未能在张先生手里出成书，但是他电话中豪迈的嗓音，我记住了。天津也许是个与我的书稿没有缘分的城市，后面要谈到的《蠹鱼集》，折戟海河，说是落难亦不为过。

三

出书这种事情，你自己努力是第一位的，第二位是机缘，香港古镇煌在《金钱与你》书里有一句话"掌握一生只有一次的发达机会。"机缘包含多种意思，我觉得应该把"贵人"这词算进去。譬如第一本书接电话的冯雷，如果那天接电话的是另外一位，事情很可能不是后来的局面，所以说冯雷是我第一个贵人。

姜寻的文化工作室的名字很好听，煮雨山房。工作室的风景也好得不能再好了，北海公园西岸。忘了在什么场合认识姜寻的（刘福春介绍的？）。日记里第一次出现姜寻是二〇〇三年一月十日。这天的日记在记录了"一生只有一次的好机会变成了最坏的结果"后写道："见到姜寻，《创刊号风景》交给他作吧，质量或好些，后天拿意向。"日记最后一句"今天真是痛苦的一天。"

十一日，我人在花乡，日记"姜寻把电话打到花乡。"

十二日，于琉璃厂将《创刊号风景》目录、序、若干篇章，若干图片交给姜寻。姜寻称这两天即可签合同。

十三日，姜寻来电话，约明天与出版社见面，称社里两个负责的已通过选题。

十四日，下午在北京图书馆见到姜寻、北京图书馆出版社王燕来和曾诚。

十五日，王燕来电话，合同即寄我，千字六十元，图片一千元，总约七千元。样书十五本，四月一日前交稿，他们两个月即能出书。昨晚还作万元梦呢，一觉醒来就剩七千了。七千就七千吧，我非畅销书作家。

十七日，收到合同。

一周时间，合同到手，火箭速度。

我前面说的贵人，姜寻和王燕来是我的贵人。王燕来连着给我出了三本书（另外尚有《创刊号剪影》《梦影集——我的电影记忆》），合作中一直面带笑容，每有饭局必叫我。姜寻除了引荐之功，书籍装帧亦别开生面，使得《创刊号风景》真地成了一道书装风景。不仅如此，姜寻还把我的书稿《封面秀》推荐给作家出版社，并亲自操刀为《封面秀》设计封面和版式。这两本漂亮的书，颇获好评。

正是姜寻和王燕来给我出的这几本书，使得我的书迈上了一个较高台阶。毕竟是北京的出版社，影响力不言而喻。

姜寻曾埋怨我在书的"后记"里从不说感谢的话。好罢，我现在向你们说"谢谢"。当初说"谢谢"也许出于客套，十几年之后，风霜雨雪，人书俱老，此时的"谢谢"不请自来。

四

本书一文一图，图片仍不令出版方满意，王燕来说还是派社里的专业摄影来我家拍，因为我说过"我的杂志不出屋"的话。临时王燕来说改在北京图书馆拍图片，这下"不出屋"的原则只得变通，将自视为珍宝的创刊号装箱跟来人打车去北图，王燕来心细，对同事说接谢老师到北图完事后别忘了再送谢老师回家。

北京图书馆新馆座落在白石桥畔，已更名"国家图书馆"。我以前来过有数的几回。专业拍摄书影，照相机固定在一个可调节的架子上，像台灯似的，把杂志平放在桌面对准"台灯"。拍照的姿势很舒服，坐着，只须一本本换杂志就行了。专业管这样翻拍照叫"反转片"，所用为一二〇卷，每卷十张。费时二小时，拍了约八十张。一边拍一边闲聊，聊《良友画报》、聊巴金捐书沦落地摊事件、聊工人姚辛自费编辑的《左联画史》。顺便她（许春芳）给我普及一些翻拍的简要知识。后来书出来了，图片确实棒，对比一下《创刊号剪影》所用我拍的图片，高下立见。

书稿进行时，北京全城被"非典"吓坏了，奇怪的是王燕来的工作未见停顿。疫情最凶猛的三四五月，却不断有书稿进度的电话。我的朋友中居然很有几位躲灾躲到外地。内子单位要求坚持上班，每天补助五十元，免费提供两餐。视非典如无睹的吴兴文，居然要来寒舍看书，我说别找麻烦，小区发了"准入证"，进出查得很严。

五月，另外一本书《旧书收藏》的校样寄到，不受疫情影响的不止王燕来们。

六月十三日，星期五。跟王燕来联系了好几个电话，下午三点他说书在半路上呢，你周一来取吧，我哪里等得急，三点二十分王燕来电话书到社了，我马上乘公交前往。所居小区，那年有一条"康恩专线"，比一般的公交车豪华，如果说公交是"硬座"的话，"康恩"是"软座"。我坐这条专线多年，中间美术馆有一站，离三联书店不远，每次在三联买了书，回程在"软座"上先睹为快，诚一美事。这天翻的是我的新书《创刊号风景》，我不喜欢"温馨"这词，可是回忆在"康恩专线"上翻书的情景，只想到了这词。

一周后，王燕来电话，要报下半年选题，欲报老画报，我说先报创刊号续篇。

本书送出三十五册，第一本送给姜寻就是我取样书那天。第三十五本送给李君维先生，时间是二〇〇五年十月二十六日。李君维，笔名东方蝃蝀，著有《绅士淑女图》。

送冯建忠的那本我写了一段话"小书实为冯门弄斧之作，

一笑而过，但作为十数年前与兄共谋创刊号大业纪念，别有意义耳。"

我还送给范用先生了，不料引起范用特别的兴趣，也想写一本创刊号，还给我寄过写成的两篇来。

偶见二〇〇三年七月二十九日日记，竟有这么一个故事早忘干净了，"济南张惠民晚上来电话，谢谢我送他《创刊号风景》，他藏有民国创刊号一百七八十种，邢和明曾找他写一本创刊号的书，社领导称谢其章的《老期刊收藏》刚出，影响销路吧。张说现在我这本创刊号出来了，他更不能写了。"

本书得稿费六千四百二十九元一角二分，扣了八百多元税。在北图社财务科取了支票，自己走到西四工行兑成现金。

西四这个十字路口很有历史，旧称"西四牌楼"，袁崇焕即在此地被凌迟。袁崇焕死状甚惨。据张岱《石匮书后集》记载，"割肉一块，京师百姓从刽子手争取生啖之，刽子手乱扑，百姓以钱买其肉，顷刻立尽。开膛出其肠胃，百姓群起抢之，得其一节者，和烧酒生啮，血流颊间，犹嘻骂不已。拾得其骨者，以刀斧碎磔之，骨肉俱尽。止剩一首，传视九边。"

这一年年底，王燕来电话称此书要加印，改了几处错字。（我自己似乎没得二印的样书，到底加印否记不清了。）当天的日记记有"加印对于我无甚好处，而且直接影响第二本的销路。当初若是版税，加印就合适了。"

前几天去赵国忠家，有点小事，把柯卫东也叫来了。赵宅于交道口北头条，我骑电动车前往，事先在网上百度地图查准了距离，因为电动车电池只够五十里。再前些天几友于潘家园聚，我算错了里程，把公里当里了，结果返回时骑到天安门就快没电了，剩下的十几里好不艰难。交道口比之我居住的西边恩济庄，那个嘈噪不是一般的嘈噪，也许我在地广人稀的城外住久了，受不得一点儿喧嚣。闲聊时赵兄忽然从里屋拿出一本毛边本《创刊号风景》，嚷嚷："这本你怎么没签名呀？"我一时懵了，这书做了毛边？老柯火上浇油，嚷嚷："我怎么不是毛边啊！"我说"你们老几位的，我敢不送毛边么，等我回家查查是怎么回事。"十二年前的事了，幸亏我记有送书记录，不然还真说不清了。

原来是这么个情况。二〇〇三年六月十三日，我在王燕来那拿了二十本样书，王说毛边本裁错了，所以得等下一批了。六月十四日书友照例在潘家园聚，我把新书分送大家，自然都是非毛本。七月十日我去出版社买了十本毛边本，七月十二日又聚，赵兄用非毛换了一本毛边。老柯当时对毛边不毛边持无所谓态度，十几年后却欲翻案，当然要输给我的铁账簿了。

"这书还是你来写吧"
——《旧书收藏》

一

"这书还是你来写吧",是邢和明对我说的。《老期刊收藏》出版之后,没断了与邢先生的联系,也知道他有"旧书收藏"与"古书收藏"两个策划。某天,他电话里说了上面这句话,还说书名叫《古旧书收藏》,我忙说"旧书我也是勉强写,古书则根本写不了,我没有古书。"邢先生可能不明白旧书与古书之间,横亘着多么高深的一道坎,仍旧说"你写古书显得有档次啊。"

急中生智,我想到了韦力先生。我跟他说你帮我一个忙,你来写古书吧,韦力马上答应下来。就这样《古旧书收藏》一分为二,韦力写《古书收藏》,我写《旧书收藏》,邢和明同意这个方案。二〇〇二年十二月十六日日记载,"上午打通邢和明电话,同意'去古留旧'。正好韦力来电话,我告诉他邢的电话,他俩联系上了。我算卸了一个'古'包袱,安心写'旧'吧。万事俱备,只欠书影。"

写收藏是要凭真实力的，韦力写古书，是"以大写小"，而我写旧书乃"以小写大"，光是二百张旧书图片，就够我一呛。韦力此时又伸援手，他说图片可以找李某某或北图想办法，我很感谢他的好意。四处碰壁之后，我想谁的图片我也不用了，有多少米作多少饭，所有二百幅图片自己解决。小说《青春之歌》里有一个情节，林道静提出与余永泽分手，余永泽哀求林道静未果，杨沫写道："他（余永泽）的自尊心在一个已经和他冷漠了的女子面前，陡然增长起来。"

我像牢记鲁迅《一件小事》里的一句话一样，牢记《青春之歌》里的这句话。做一件事，有的时候需要一点儿睹气的心态，这种心态与"发愤图强"的"发愤"于境界不在一个层面。

那一段的心情不佳，日记里有这样的话"一日寂寂，落雪，大地茫茫，前途茫茫。晚踏雪至玲珑塔，有景致无心致。"

其实没有图片我也写得来旧书，只不过这套丛书的要求是"图片多，文字少"，我又觉得我的图片不够"旧"，不够"馋人"而已。还是前面说过的"垃圾论"，你自以为够珍贵的旧书，在玩线装书的看来什么都不是。

二

本书的写法与写老期刊如出一辙，模仿的还是李英豪，于李英豪的瓶子里装我的酒。李氏写法，不完全是历史沿革、名词解释等等收藏入门一二三模式，更接近个人收藏随笔的写法，我喜欢。正是这种写法引起韦力的异议，他对我说，你怎么这样写旧书，没有什么系统介绍呀。我对韦力说明，我学的是谁，那种大而全的介绍我没有能力也没有兴趣写。我这个写法说难听是讨巧，实质是"以小写大"的一个路子。果然韦力的《古书收藏》是这样的面目：第一章《藏书简介》"藏书的起源及其历史"、第二章《藏书版本名词及书界用语》、第三章《古籍用纸》、第四章《古籍装帧形式》、第五章《古籍版本的作伪》等等，完全的教科书写法。不是说这种写法不对或者不好，我只是觉得在"中国民间个人收藏丛书"里，不能缺少了"个人"的个性。我对韦力开玩笑，你讲的是"屠龙之技"，没有实战意义，学不来的；而我所讲，虽然低端，但是是学得来的。

除了写法不同之外，写作工具我亦落后韦力，他是扫描图片电脑敲字，我仍滞留老牛耙地的农耕时代。图片好不容易弄好，邢和明说要光纸的，而我为了省一毛钱洗的是绒纸的。

韦力出书之后连校样都被我要来了，这个校样其实就是只少封面的书，而且是道林纸本，比正式书用纸好。韦力写了一段话"其章兄是爱书者中之有心人，不若吾之爱书仅爱书而已，其连带搜集相关出版实物，索得此样书，乐而奉之。"

在正式的《古书收藏》，韦力写了另一段话"此余所出第一本关于藏书之作，虽浅陋难入方家法眼，然实得其章兄之鼎力举荐，方有此成。成人之美之德，实足难忘。记此因缘，以待五百年后来者考之。"

本书之后,我不会再在书名里出现"收藏"二字,挂上这两个字,就像"发财指南""致富窍门"那类货色,你有多少文化也被这两个字淹了。尽管我以后的书里写的也多是跟收藏沾边的内容,总比赤裸裸地宣扬收藏要妥当一些。有那么几年,内地物价飞涨,货币贬值,银行最高利息到过百分之十八(八年定期),一时间,"保值"一词甚是流行,李英豪的书均易"收藏"而冠以"保值"二字,如《保值珍邮》《保值鼻烟壶》《保值老爷表》《保值白玉》等。如果说书名可以适当媚俗的话,"保值"则直接掉进了生意眼。庆幸"保值旧书""保值老期刊"没有取代现在的书名。坏书名,是写作者的噩梦。莫言是得了诺贝尔奖,但是我记住的是他的《丰乳肥臀》——中国文学史最恶心的书名。

《旧书收藏》只有书名带"收藏",内中三十几个小题,没有一个带"收藏",说明我当时已经注意回避或淡化这两个字眼。就算是十几年之后再看我起的小题,还是很不错的,没白白以李英豪为师。如果重新写,有可能改变某些观念或语句,这些小题目不改。如果有机会出修订版,我想把这两本旧书刊收藏合二为一,调整某些框架和图片,换一个书名。在纸质书没有未来的今后,把这个私愿深埋心底吧。

本书某些话题的讨论,还是具有预见性的,关于藏书票,我说过"(这些个藏书票)不是为了往书上贴,而是利用读者的欲望大赚其钱，使得藏书票有变味的危险，这是藏书爱好者与藏书票爱好者应引为警觉的。藏书票一旦转变了自身功能，就像邮票中的花纸头，毫无价值可言。"观今日藏书票之乱象，比之十几年前有过之而无不及。

关于毛边书，我写道"毛边书现在是藏书界的热门品种，价格已炒到不讲理的地步。旧的毛边书畅销，新制作的新古董毛边书滞销，藏书者眼力如刀。"这话我只说对了一半，新毛边书铺天盖地，"新书必毛"，尚未见到衰退迹象，有的品种滞销是因为印数过大，只要稍加削减数量，控制供给，造成毛边书市场"轻度饥饿"，我觉得新毛边书之路还能往前走走。

另如"编号本""签名本""钤印本"，现在仍不失为极有效的营销手段，我自己的几本书就策划过这样的销售。

本书里没有专辟一节讲精装书，只是在谈《良友文学丛书》时捎带提了一句。而如今"书必精装方为好"的观念深入人心。几年来，我的书都在事先跟出版社建议作成精装，出版社从善如流，所以自打《搜书后记》之后的几本书均为精装。事实也证明了精装成为毛边、编号、藏书票、签名、钤印之后，又一个"好卖"的必备要素。

三

《旧书收藏》与《老期刊收藏》一样，都是别人先于我看见书然后告诉我的。二〇〇四年一月四日，吴兴文电话，称在二渠道的图书定货会见到《旧书收藏》《古书收藏》了，又说辽宁画报出版社将更名"万卷出版社"。

合同里写的是四月一日之前出书，提前总比错后好。

一月十日收到样书十册，跟校样用纸不一样，这次是蒙肯纸。

本书共送出三十一册，第一本是十三日寄给上海陈先生。最后一本是二〇〇七年九月二十六日寄给新加坡李有烁先生。李先生于新加坡广播电台工作，喜欢老电影老唱片。我们交往几年，终因路途遥远，国际邮寄费用太高，国际长途打不起而不再联系。

我每出新书必送姜德明先生，刚刚查"送书账"，这书没送给姜先生？我想起来了，当时在电话中跟姜先生解释了为什么不送的原因，姜先生只是一笑。

二〇〇四年十二月十三日在布衣书局参加活动。那时布衣书局还在东单新开路胡同，这次活动的主题是"钟芳玲"，这位女子的《书店风景》给我们打开一扇西洋古董书之窗。我带去《书天堂》请钟芳玲签名，她用英文题了一段话。我送她一本《旧书收藏》。我很欣喜《书天堂》里有一章《越陈越美丽的老杂志》。

钟芳玲写道"在一般书店里，我们经常可以在书架上翻到三五年前出版的书籍，但是杂志、报纸却都只限于当期、当日的。多数的人，每隔一阵子，往往也都会将过期的报章杂志，当成破铜烂铁般出清。毕竟，少有人家中有充足的空间来存放这些被认为讲求时效、寿命短暂的刊物。

"然而过了二三十年后，倘使再有机会重新审视当初那些原本被视为占地方、过时了的期刊，却可能勾撩起无限的回忆。有的旧闻读起来，反倒像新闻；一些早期的封面图案或内页设计，现今看起来更像艺术品般精美。时间往往为这些泛黄的老杂志洒上了一层金粉，让它们熠熠生辉，楚楚动人。一些古董书店，因此常顺便辟有老杂志专区，某些店，甚至干脆就仅以此为主题。"

吴兴文在《另一股怀旧热潮》中对拙作有所评介"在民国书刊的研究与收藏上，最近也形成另一股怀旧的热潮。我们可以从三个角度切入：

"其一是学者型：以陈子善《发现的愉悦》为代表。（下略）

"其二是民间收藏家：以谢其章《旧书收藏》为代表。书中指的旧书，就是民国书刊。自从大陆改革开放以来，过去这些人见人毁的毒草，就像旧时王谢堂前燕，流落到冷摊书市，所以天道酬勤，造就了北京、上海等地的民国书刊收藏家，谢其章就是其中一个佼佼者。虽然他不是以数量取胜，但是从上个世纪九十年代初期，潘家园旧货市场开市十余年来，不论寒暑晴雨，几乎每周必到，自然养成他独到的收藏眼光，所以本书非他执笔莫属。

"其三是来自典藏单位：以张伟《尘封的珍书异刊》为代表。（下略）"

《旧书收藏》当年六月第二次印刷，一印四千册，二印三千册（五月二十六日日记"邢和明电话问有无错字要改，将加印三千"），总七千册。二印作了毛边，数量不详，估计多不了，我收到一册毛边，姑视为"海内孤本"。

本书得稿费八千六百四十元七角二分。

集藏之家天生是酸葡萄家
——《创刊号剪影》

一

第一本书请姜德明先生写序。再往后出书都是自己写序。我总感觉"序"字"望之俨然",尤其讨厌"是为序"作结束的序。可是书前面总要有个序之类的东西,不知从哪本书里看到作者以"小言"代替"序",觉得这个法子好,便拿来为我所用。"小言"用了十几次,审美疲劳,又改回古已有之的"序"。

我的小言,大多要取一个题目,本书之小言是"集藏之家天生是酸葡萄家",这话是董桥讲的。收藏的道理,讲得最精辟的是董桥,句句是至理名言,直戳人性之渊底。

"收藏、鉴赏和研究是孤独而不寂寞的游戏。孤独,说的是非常个人的文化生活:一得之愚,偶得之趣,都不足为同道说,说了同道也未必有分享的气度;集藏之家天生是酸葡萄家。不寂寞,说的是自得其乐和自以为是的偏心;自家的藏品都是稀世的珍品,越看越好,人家说不真是人家浅薄。"

常说"文人相轻",其实哪个领域都少不了"相轻",这两个字或可直译为"互相看不起"。我另外发明了一词"藏家相轻"。这词有两个意思,一个是收集相同品种的藏家之间的"相轻";一个是收集品种不同的藏家之间的"相轻"。危害较大的是前一个,由于"同好",难免互相暗中较劲儿,"你有我没有"便会很不舒服。非"同好"的轻视相对容易应对,"各以所长,相轻所短",可以充耳不闻,视而不见。

我一直感觉过于痴迷集藏,长期浸淫其中,久而久之,便就有了林语堂所说的危险,"凡人在世,俗务羁身,有终身不能脱,不想脱者。由是耳目濡染愈深,胸怀愈隘,而人品愈卑。"

爱好集藏之人,或重或轻,无不染有"患得患失"之病。《后汉书·郭太传》"孟敏字叔达,巨鹿杨氏人也。客居太原,荷甑堕地,不顾而去。林宗见而问其意。对曰'甑以破矣,视之何益?'"这样的从容,与集藏之家通常的涎瞪瞪嘴脸,对比鲜明。

我怎么忽然抨击起自己人来了,实在的原因是看到过去自己急急如过街之鼠的样子,只觉得可怜复可笑,并无悔意。

二

相对而言,"剪影"的写作比之"风景"容易得多,后者需有创新之勇气,需要辟出一条别人没走的路,而"剪影"只要照着这条路继续往下走就是了。本质上两本书就是一本书，如果可以将一本书作得很厚的话。

区别还是有的，"剪影"的责编改为王燕来的同事曾诚；装帧设计也改为"奇文云海"工作室而非"姜寻工作室"。随之带来的另一改变是，我可以对封面设计提出看法了，如书名和作者名采用了繁体，这是我最满意的，我太喜欢繁体字了。笔划少的字放大了作书名，视觉感撑不住的单薄，用了繁体即解决了这个困难。另外，封面红色的书名下加了几行黑色小字，起到装饰作用。几行小字我觉得写得不赖："期刊杂志之创刊号，实在是文化历史的足痕，却像一粒粒散落的遗珠，零落成泥碾作尘，任其自生自灭。上世纪三十年代琉璃厂旧书肆'松筠阁'主人刘殿文，专事搜罗旧期刊，晨昏寻访，随见随录，竟辑出《中国杂志知见目录》，藏书家唐弢先生撰文称赞。前辈楷模，人往风微。本书作者效仿前人的作法，见一录一，一刊一影，虽然书中所收只是刊海一粟，但都是值得留下的创刊号的剪影。"

尚有一小处区别，这是曾诚的建议，他让我写几则补白，相当于杂志小常识，放在书页空白较大的地方。

以旧书为对象的写法有"书话"一说，那么专写期刊的文字不妨称为"刊话"。刊话的对象如果是一整套的刊物，那就宜长不宜短，对象是一本创刊号则反之。

写作刊话，只有一本范本可以参考，——应国靖著《现代文学期刊漫话》。此书只印一千五百册，非常难找，我说的是过去，现在二三百元在旧书网就能买到。当时给我急成什么样呢，朋友借来一本，我想拿去复印，无奈书太厚，只得作罢。最后还是刘福春先生送了我一本，他是唐弢的研究生兼助手。唐弢以书话知名，刊话也写过十几篇，当然是范文。

关于创刊号，姜德明先生另有看法，他对于"创刊即是终刊"的仅出一期的创刊号最为留意，眼光别具，我们远不及。我的两本创刊号书里，只出一期的创刊号极少，三四种而已。

三

二〇〇四年六月，《创刊号剪影》出版。二月二十日交的稿，不到四个月即出书，这速度今天比不了，通常得用一年的时间。

这书送出二十五本，二十册毛边我只留了一本，其余全部送人。"一鼓作气，再而衰，三而竭。"这个道理也适用于出书，同一题材的书，第二本总不如第一本有影响，只有吴兴文跟我说了一句"后面两篇有些急就章"。好像我还跟王燕来提过出第三本，凑个"三部曲"，王燕来用一笑表了态，这样儿的孟浪之言，我怎么会脱口而出。

李君维先生为小书写了书评，我在日记中写道："不是因为写我，也写得非常之好，能够得到与张爱玲同代作家的表扬，自是一番喜悦。"

曾诚说社里送了一本"剪影"给范用，范用看了之后说写得太好了他放弃写创刊号了。我无意中干了件"眼前有景道不得"的事情。

出书速度快，稿费给得也快，八月份就结算了，一万四千一百一十二元，比之"风景"多给了一倍，这个钱数在我所有二十本书里排老三。

封面尽可作秀，作人不秀为好
——《封面秀》

一

这个题目，是给一位书友在《封面秀》上写的话。后一句原为"作人不可作秀"，"不可"有强人所难之意，遂改为"不秀为好"。有的时候，书友要求你在"惠存""指正"之外，再写一两句话，别小瞧这两句话，既言简意赅又不能思考太久，顶多一两分钟，大非易事。记得这句话，我给两位书友写过。第一回是在鲁迅博物馆的鲁博书屋，因为我常去那里，书屋就将书友买了我的书放在那里等我过来时签，这天有位书友拿着《封面秀》，我的脑子里忽然就冒出了这两句，一边写一边暗自得意。

第二回是二〇〇六年年底在布衣书局，此时的布衣书局已迁到潘家园附近的一座居民楼，离开了新开路胡同的张治中将军故居之后，布衣书局的局址"一蟹不如一蟹"。给布衣书局打工的几位伙计后来独立门户，贩书的成绩远超原来的老板，小黄即其中佼佼者。小黄从南方来，他自己说是某天在火车上读了我在

《藏书报》的一篇文章，马上喜欢上了旧书和旧书行当，二〇〇六年在北京开始了贩书生涯。我记得他特别喜欢毛边书，出价很猛，《封面秀》毛边本是他花高价购得。那天是年末，我去布衣书局签书，小黄从靠北的那小间出来，略带羞涩的表情，前年他放弃北漂回昆明，几年间不变的只剩这表情了。我给他写的前一句没变，后一句是"做人不秀为好"，我不大分得清"做""作"，感觉"做"用错了。小黄放弃北京的原因是气候，那年他的贩书流水是大六位数，我很诧异。小黄回到昆明之后，业务不减反增，我更诧异，网络旧书营销，个中奥秘和学问，让我这个写一本书挣一万稿费的人时时气馁。

刚刚在一本新书里看到萨特说过的话，"不管怎么说，我现在写书，将来继续写书，反正书还是有用的。文化救不了世，文化救不了人，它维护不了正义。但文化是人类的产物，作者把自己摆进去，从中认识自己，只有这面批判的镜子让他看到自己的形象。"

《封面秀》是我的第六本书，此时已有一些读者认可我，我也在持续不断的写作中积累了些许经验，至少目前为止以"期刊杂志"为写作方向的人数几乎仅我一人，没有互相切磋的同好，同时也就没有竞争对手。某天，我与赵国忠、柯卫东、胡桂林几位来往密切的书友在秦杰家聚会谈书，赵兄带的是《林屋山民送米图》等大书，柯兄带张爱玲《流言》，胡兄带的是周作人签名本《药堂杂文》，我没带书带的是几本相册，里面的照片都是我拍的书影。赵兄见了这些书影，对我说你不妨一图一文的写本书。

每写一本新书都有一个理由，"封面秀"就是因为赵兄的这句话，虽然后来他说"我设想的不是你现在写成这样子的书。"

二

有了书的框架，就好像怀揣着一个梦，真正实现梦还得靠出版社。有的人为了圆文学梦出书梦，四处碰壁，就想到自费出书，或买书号出书（变相自费出书）。其中有一位特执著于自费出书，被坑了骗了仍不死心，我劝他不妨踏踏实实写作不要急于出书，更没有必要急迫得自费出书，他说"古人不都是自费出书么？"我无言以对，不往下劝了。

出版社不愿意给你出书，十有八九是你的稿子不成，一般来说，出版社不会埋没水平线之上的作品，就算你日后成了名作家，也不必回过头来骂曾经拒稿于门外的出版社不识货。

自费出书和自印本有区别，前者要自己掏很多的钱，后者则所费不多。自印本的读者范围只限于好友圈子，自费书则要面对大批"不确定"的读者。自印本只送不卖，自费书不愁不够送，愁得是"包销"条款。

二〇〇三年十月三十一日，姜寻电话约下周二见作家出版社编辑，我以为是重新修订《漫话老杂志》，姜寻说编辑只对张爱玲或民国画报选题有兴趣。周二，如约到了作家出版社，谈了两个选题，张爱玲和封面百影故事，后者即一年后成书的《封面秀》。

二〇〇四年一月十二日，作家出版社罗静雯电话，约定"封面的故事"书稿，年底前交稿。姜寻也来电话，本书由他整体设计。

写作《封面秀》的同时，还进行着另两个书稿，写书之外，北京出版社资深编辑杨良志约我编"邓云乡讲老北京"，一时大忙。

"封面秀"不是个好书名，予人媚俗之感，可张爱玲不是也有"俗气得多"的《半生缘》么？宋淇说得对"可是容易为读者所接受"。张爱玲对于书名从不马虎，"本想改名《浮世绘》，似不切题；《悲欢离合》又太直；《相见欢》又偏重了'欢'；《急管哀弦》又调子太快。"

二〇〇九年的时候，《中华文化画报》编辑林琳约我写稿，她说看过我的书"秀封面"，这个念错的书名也蛮说得通呀。

本书比较创刊号两书容易写，那两本限定在创刊号，不可越雷池一步，而封面的天地广阔无垠，想怎么写就怎么写。书成之后，有读者评论"读谢先生文章，常有偏题之感"。我理解这位读者所谓的"偏"，就是我的篇名起得"怪"，似跑题又不跑题。

最偏的一题是《碗大勺有准》，说的是林语堂主编的《人间世》，题目却用了一句俚语，而且这个俚语极少有人说了。《画家架子搭松香》更是偏到八百里之外，您若只看题目也许不知我所云者为何事何人何物。《今夜有雪，今夜无戴》借用了"雪夜访戴"，不算特别冷僻。我起题目，好像自己定了一条路线，能偏必偏，不能偏的想办法偏，力戒中规中矩。

鲁迅的好处，在于他的话几乎是"放之四海而皆准"的。我喜欢老旧书刊的某些封面，自有一副取舍的眼光，但是鲁迅说的更好，"这是一种期刊，封面上画着一个骑马的少年兵士。我一向有一种偏见，凡书面上画着这样的兵士和手捏铁锄的农工的刊物，是不大去涉略的，因为我总疑心它是宣传品。"（《怎么写》）

在摄影尚未普及的上世纪三十年代，传统的绘画依然占据新文艺书刊封面的主流，画家们会像以往作山水画一样郑重其事的签下自己的名号，但是"封面画"似乎是高贵画家们的余兴，美术史也不屑为之着墨。藏书家唐弢曾说"书籍封面作画，始自清末，当时所谓洋装书籍，表纸已用彩印。辛亥革命以后，崇尚益烈，所画多月份牌式美女，除丁慕琴（悚）偶有佳作外，余子碌碌，不堪寓目。'五四'新文艺书籍对这点特别讲究，作画的人也渐渐多了起来，丰子恺，陶元庆，钱君匋，司徒乔，王一榴等，皆一时之选。鲁迅先生间亦自作封面。"

唐弢的观点也适用于期刊杂志之封面。我写封面，只选期刊杂志，事前是有考虑的，不想又写杂志又写书，扬长避短，所以整本书没有一本书的封面，好在尚没有一位读者提出疑问"你这书里怎么全是杂志的封面呀"？

三

二〇〇四年六月十五日，将《封面秀》书稿送到作家出版社。此时家里虽然已购置了电脑，可是我还是手写稿。

十月二十四日收到合同，版税仅百分之六，马上给罗静雯打手机，要求百分之八。

十月二十九日接作家出版社李先生电话，版税改为百分之八。

十一月十三日周六在潘家园碰到姜寻，他说已将书稿光盘作好了给出版社，马上书就出来了。

十一月二十五日，罗静雯电话，称那个小伙子又走人了，她接着负责此书，让我再校一遍。又说要印得好一些，她认为是好书，争取下个月十五号印出来。一高兴，把《封面秀》即出的消息分别告诉了布衣书局和鲁博书屋，后者马上说全包一百册毛边本。

十一月二十八日给罗静雯电话，想加个"后记"，她说加什么都可以。

十一月三十日，萧振鸣电话问《封面秀》情况。

十二月七日，《旧书信息报》刘淑敏电话想进些《封面秀》，我把罗静雯电话告诉她了。

十二月十一日周六,在潘家园二楼见到姜寻,他说《封面秀》获第六届图书装帧大奖赛优秀奖。又说我的"后记"写得不好,牢骚话太多,且没有任何感谢的话。(书出之后,果然没了"后记"。)

十二月十二日,姜寻电话,称罗静雯对此书颇用力,另花钱打广告,有人反对出此书,说效益不会好。姜说《封面秀》定价三十九元。

十二月二十一日,晚姜寻电话,书已下印厂,还是有人不看好此书。罗静雯争取印六千册。

十二月二十三日,今晚电视"夫妻剧场"嘉宾是庄则栋佐佐木敦子,谈他们的新书,忽然罗静雯出现,原来她是该书编辑。庄则栋,从小学一直崇拜他。

十二月二十五日周六。在潘家园遇到姜寻,他为《封面秀》作了一首小诗,做了一块大广告牌准备用到新年新书订货会。

轻轻地,翻开熟悉的香

尘封的年代

我逝水的往昔

你的脸上布满我的往事

站在二〇〇五年对面的

玻璃窗前

我从她的旧梦中醒来

　　而你和你的故事已断开

　　如同一扇门
　　被风推开
　　静静的午后
　　我度过一杯咖啡里的时光

姜寻以前是诗人,出版过个人诗集。

十二月二十七日,上午韦力电话,告诉我旧书报刊出了《封面秀》出版消息。

二〇〇五年一月四日,姜寻电话,他已拿到一册《封面秀》,很满意。

一月十四日,罗静雯说下午可来社里取样书,遂约萧振鸣,坐他的车去社里。布衣书局老板胡同也来了。一百本毛边,萧振鸣六十本,胡同三十本,我要十本。给姜寻打电话表示感谢。

真是三十九元一本,真是印了八千册。

止庵说作家出版社是大社,印八千算少的,搁小社的话顶多印三千。

四

《封面秀》送出三十几册。

送赵国忠本写"小书之创意乃兄于一年前偶然提示，我今实践之。又逢定交十年，相忘于旧书摊，多少事。"

送柯卫东本写"十年书友情未了。"

送姜寻本写"自风景到本书，兄之引荐之功美化之力吾岂敢忘。所谓登堂入室，一书一境界实乃结识兄以后的变化，我不能说感谢应该是感激之情吧。"

送元尚本写"一书自有一知音。"

送吴兴文本写"闻君大名十年，相识只两年。相谈每每获益，小书请多指教。"

送周晶本写"呈上小书以纪念我们的友谊。"

二○○六年夏小学同学聚会，事先我到三联书店买了几本我写的书，准备送给旧日同学。冯宝云、刘仲文同学挑的是《封面秀》。刘仲文是学习尖子，班上有两个女生考入师大女附中，她是其中之一，班主任张晶老师为此还长了一级工资。

《封面秀》得稿酬一万八千九百七十二元七角九分，是按六千八百四十八册结算的，这个数可能是实际销售。当时罗静雯还让我看了销售统计表，好像有好几百册在运输等环节遭遇损坏。财务科给我的是现金支票，我随手一折揣到口袋里，出纳忙喊"别折呀！折了有可能取不了。"

我的电影记忆
——《梦影集》

一

"这些大明星都是些伟大的抒情诗人,他们不是用词句而是用形体、面部表情和手势来吟诵……"

——贝拉·巴拉兹

"现代的游手好闲者就是电影观众。最完美的游手好闲者就是最热情的电影观众。"

——裘里安娜·布儒娜

小的时候崇拜两种人,一种是体育明星,如庄则栋和李富荣;另一种是电影明星,如王心刚和王晓棠。从来也没有想到我会写一本关于电影的书。

借《创刊号风景》之东风,在王燕来手下出书似乎易如快刀切瓜。二〇〇五年是中国电影诞生一百周年,我提前跟王燕来讲有意为一百年写本小书,王燕来不假思索地说:"行啊!

你写吧。"

出过几本书了,但是要说哪一本笔端饱含情感,《梦影集》要排在前面,没有情感哪来的记忆。编辑要求在封底得写一段话,我写了:

"小的时候看一场电影,
　就像是过一个节。
在农村的时候看一场电影,
　就像是劳累一天之后的一顿猪肉白菜饺子。
谈恋爱的时候看一场电影,
　就像是一道必须完成的功课。
现在看一场电影,
　像是遇到一位幼年的玩伴隔膜得太久。
一想到过去和电影的亲密接触,
　只有笔和纸能够帮助我完成电影的记忆。"

筹划写电影的时候,是多箭齐发,同时进行的还有《创刊号剪影》《封面秀》,另外还有两本尚未签合同的书稿。《大众电影》杂志亦猛约稿,给它写的稿后来都收入《梦影集》了。《新京报》提前一年介入电影一百年纪念,一周一个电影专版,我写了两三篇。那时可真忙,在日记里写了这句话"一天不歇的写,到年底也写不完。"还有这样的话"七八九三个月写电影,十月开写'漫画漫文'(就是后来成书的《漫画漫话》),下死命令,必须按期完工。"

二〇〇四年六月七日，曾诚电话称电影书由他作责编。九月十四日，曾诚说，他给书拟了个书名《背影——中国电影光辉的八十春秋》。紧跟着又一个电话，称图片由社里拍，我坚持用我自拍的图片。跟着又一电话，改成大部分图片用我拍的，如果图片达不到要求，他们再补拍。

二

写作《梦影集》的素材分为两种，一种是情感素材，最远可追溯至小时候看电影算起；另一种是实物材料，比如电影票，影星照片，电影刊物，明星签名，日记中的看电影感想等等。

从小养成的攒东西的毛病，无意中为本书提供了莫大之便利。攒电影票是我的毛病之一，也不是所有电影票都保留，只有我自己知道的含特别意义的电影票才保留至今。这些电影票在别人眼中毫无生气，但是对照我的日记，每一场电影都会复活，包括那些很烂的片子。

一张电影票，包含了多少喜悦、期待、还有极度的失望。《围城》里方鸿渐对赵辛楣说："你在船上不是说，借书是男女恋爱的初步么？"处于我当时那个社会地位低下的职业，男女之间有好感，断不会以借书为借口，最老套的也许最管用，偷偷地塞上一张电影票比之一纸情书有效得多。最早一回与女子看电影，却不是同事关系，正规经介绍认识的对象，电影是赵丹主演的

《林则徐》，电影院是西四的胜利电影院。

张爱玲如此描绘电影院："现代的电影院本是最大众化（按，初刊《大家》杂志时为"最廉价"）的王宫，全部是玻璃，丝绒，仿云母（按，初刊时为"云石"无"母"字）石的伟大结构。这一家，一进门底下是淡乳黄色的；这地方整个的像一只黄色玻璃杯放大了千万倍，特别有那样一种光闪闪的幻丽洁净。电影已经开映多时，穿堂里空荡荡的，冷落了下来，便成了宫怨的场面，遥遥听见别殿的箫鼓。"（《多少恨》）

有那么两三年，人生大事于我来也匆匆去也匆匆，一起看过电影的，没有看过电影的，有六七位之多。清风明月，前尘影事。前年在医院陪侍岳父，岳父对我讲起他的老同事正巧住在同科病房。这位老同事年轻时追求过岳父的另一位女同事王阿姨，我见到王阿姨时她已经五十岁上下，风韵犹存，想见年轻时是大美人，难怪追求者多。王阿姨前几年进养老院，偶尔一次感冒没抗住，走了。如今我在医院走廊里，再碰到岳父老同事时，脑子里老是联想起人所共有的"年轻的时候"。

张爱玲短篇《年轻的时候》里有一句"她一辈子就只这么一天，总得有点值得一记的，留到老年时去追想。"李欧梵在分析张爱玲的作品时说，"张爱玲的小说里经常会写到钟，还有镜子、屏风、窗帘、旧相册、干花以及标志着人物经历过变迁、经历过特殊痛切时刻的物件，而其中的人物则常要在某些时刻和他们过往的情感记忆挣扎以面对新的现实。"（《张爱玲：沦陷都会

的传奇》)

说到"想",《围城》里有段精辟的对话。赵辛楣道:"我这几天来心里也闷,昨天半夜醒来,忽然想苏文纨会不会有时想到我。"方鸿渐说:"想到你还是想你?我们一天要想到不知多少人,亲戚,朋友,仇敌,以及不相干的见过面的人。真正想一个人,记挂着他,希望跟他接近,这少得很。人事太忙了,不许我们全神贯注,无间断地怀念一个人。我们一生对于最亲爱的人的想念,加起来恐怕不到一点钟,此外不过是念头在他身上瞥过,想到而已。"

"想到你"与"想你",想与想大不一样。

除了这些个电影票,我还有个值得炫耀的收藏。六十年代有约摸两年的光景,在全国的电影院观众都会看到悬挂着"二十二大电影明星"的大幅照片,照片有多大呢?宽三十八公分,高五十三公分。是得这么大,不然挂在高处看不清的;又不能太大,因为不是一张照片而是二十二张挂在墙上。除了这种挂在电影院的大照片,为了满足观众的愿望,电影公司还制作了几十万张小照片,小照片是二十二位明星的"全家福"。如果我收藏的是小照片,那就没什么了不起,几十万的印量就算是"破四旧"再严厉,漏网的也得以万计。而我的幸运在于我收藏的正是电影院里悬挂的大照片。前几年中央电视台电影频道请祝希娟作节目,她们知道我收藏有二十二大明星照片,想借祝希娟那一张。我舍不得担心给弄坏了,就借给她们一张我翻拍的六寸的祝希娟照片。现在的电脑技术真高明，我看那一期节目时，六寸照片放大成原来那么大戳在祝希娟旁边。过了几天她们来还照片，祝希娟在背面写着"向前，向前，永远向前进！"我几分钟之后才反应过来她写的是红色娘子军军歌。

关于"二十二大电影明星"，有很多的小故事，前几年有记者采访健在的明星，他们说出了许多幕后花絮。先将二十二大明星名单列下：上海电影制片厂的张瑞芳、赵丹、白杨、秦怡、王丹凤、上官云珠、孙道临；北京电影制片厂的崔嵬、谢添、陈强、张平、于洋、于蓝、谢芳；长春电影制片厂的李亚林、庞学勤、张圆、金迪；八一电影制片厂的王心刚、田华、王晓棠。另外还有来自上海戏剧学院实验话剧团、因《红色娘子军》红透全国的祝希娟。为什么不多不少二十二个影星？对此，有多种说法。一个比较广泛的说法是，这是仿照苏联的"二十二大人民影星"而来的。苏联这二十二大明星照片以前因中苏友谊万古常青，一直挂在中国的影院，等到我们有了自己的二十二大就把苏联影星请下墙来，此中有没有两国政治关系恶化的因素，不便妄言。

庞学勤的爱人杨洸原来也是候选影星，因为不能夫妻同时入选而作罢。与庞学勤同在长春电影制片厂的浦克，是位老影星，伪满时期成名，李香兰一九七八年来长影特地找浦克叙旧。也许是这点历史原因，浦克尽管演技高超仍旧不能当选。王晓棠回忆，八一厂上报了五位，最后刘季云和高保成落选。刘季云所演反面角色过多,《暴风骤雨》中的恶霸地主韩老六韩大棒子,我称其为中国电影里最出色的地主之一,另一个出色地主是《红旗谱》里葛存壮饰演的冯兰池。我们看二十二大明星,清一色的正面形象,陈强是个例外,他演过最遭人恨的黄世仁,《红色娘子军》里的南霸天也是陈强的代表作,一部电影三个主角(王心刚的洪常青,祝希娟的吴琼花)均入选二十二大明星。

虽然中影公司要求各制片厂为入选演员统一拍"大头"照,但最后挂出来的照片并不都是特意拍的。八一厂的王晓棠刚拍完《鄂尔多斯风暴》,厂里宣传发行科为她留下了披白纱的秀丽照片。庞学勤的照片是《战火中的青春》结束后按惯例拍的用于宣传的照片,上身是临时找导演王炎借的西服,下面穿着一条破裤子。谢芳的照片,是一九五九年演完《青春之歌》后宣传科所拍。

秦怡的照片是上世纪五十年代拍的,扎着一条长长的辫子,穿着农村姑娘的布衣裳。秦怡自己说"一点都不像明星,老实巴交的。"田华是接到上级通知去照相并不知道为什么照相,她特意烫了发去了中国最知名的位于王府井的中国照相馆,田华不是美人,但是非常上相。

二十二大明星如今有一半离开了我们,最近一位去世的是张瑞芳。一九六四年九月二十七日,文化部电影局发出《关于撤销影院悬挂电影演员照片的通知》。山雨欲来风满楼,这一年,敏感的人们已嗅到大运动前的不寻常气息。

说完上面一大一小的收藏，再来说说特为撰写本书而上网搜购的民国电影刊物。二〇〇四年秋天我在孔夫子旧书网注册，一开始我不会竞投，只作壁上观，见到中意的拍品就委托朋友代拍，整个交易均由朋友操作，麻烦别人，方便自己，终非长久之计。其实，学会竞拍不是难事，不知为什么当时自己就是不去学。孔夫子旧书网的出现，使得传统的淘书方式吃不开了，你不必鞍马劳顿，起早贪黑地跑旧书摊了。日益强大的孔网平台，使得全国甚至国际上的古旧书刊资源汇集于此，淘书者只须像股民一样守着电脑看大盘就行了。最开始的两三年孔网每天上拍的数量不过三五百的量级，用不了半小时即浏览完毕。别看数量少，但可买的货色比潘家园多得多，几乎每天我都要圈上几样，作个记号，等到晚上参加战斗。当然不可能圈上的全能买到手，网络不比地摊，你看上的东西，全国同时也许有几十人也看上了。地摊淘书享受的是偶得之趣，网络却是真刀真枪的拼钱包，说不上两者谁更高尚。

上海是民国电影的大舞台，电影的繁荣催生了电影刊物的繁荣。李欧梵在《上海摩登》里写道："和电影同步风行的还有电影杂志以及流行期刊上的电影专栏和专文。近期研究表明，电影专栏最早出现在报刊杂志上是在一九二一年，即上海的《申报》开始发行《影戏丛报》的那年。差不多同时，第一家独立的电影杂志《影戏杂志》（注意：影和戏的组合）开始发行。自一九二一年，先后出版过的电影杂志共计二〇六份（包括电影月刊，周刊，专刊)。"一九四九年中国电影史的前半段简直就是上海电影史，顺理成章，我的民国影刊百分百为上海所产。有趣的是，卖给我影刊的卖家也是上海人，是不是可以这样说，这些影刊一直没出上海滩，就是为了等候我这个生于上海的北京影迷。我总算没有辜负这些上海货（我约有五六十种)，不但给它们写进了《梦影集》还加了上照片，前几年我还提供全套《电影杂志》作为影印的底本。《电影杂志》全面记录了一九四七到一九四九年上海的电影，创刊号封面就是十五年后"二十二大明星"之一的秦怡。

制作最为精良的电影杂志，还是要属三十年代的上海，早十年晚十年都比不了。不但品种多，用纸亦好，彩色漫画亦多。我昨天去了趟久违的潘家园，一位熟悉的书贩刚刚收购一批旧杂志，其中的《明星》电影杂志他说是全套的，而且是单册，品相亦佳。我看中《电影漫画》(第六期)，封面是金焰和黎丽丽的漫像，我问价，书贩说五千，这样的天价连价也不要去还了，但我还是免费翻了翻。

三

电影，作为一个视听艺术，你用文字和图片来表达它，绝大多数读者不买帐，有那功夫读你的书还不如直接看电影。我以为这个原因直接影响本书的销售。有一位读者，一直买我的书，却对我说"小谢,你写电影干吗,谁看啊?"也许还有另一因素,我一直在写作民国旧期刊,读者已经给了我一个定位,突然转到电影,这部分固定读者不习惯或干脆不理解。其实,我也有这样的思维,比如黄裳先生的书我是见一本买一本,但是《旧戏新谈》我一直不买,理由很简单,我对戏曲毫无兴趣。上面所说的那位读者,对于藏书家姜德明著作也是见一本买一本,可是他对我说姜先生的新著《梨园书事》,他不着急买了。

《梦影集》对于我个人来说"票房惨败"(销售与稿酬),但是在另一领域却大放光芒。中央新闻纪录电影制片厂在看到此书后,派员来寒舍洽谈拍电影。别搞错,不是拍我,是拍我的收藏品。纪念中国电影百年,纪录片厂责无旁贷,他们要拍一部《百年光影》作为献礼片,我的收藏作为一百年的一刹那而荣登电影圣殿,虽然只有十秒钟只有两个镜头。二〇〇五年十二月二十八日,《百年光影》在人民大会堂首映,这个国家的最高领导集体出席观看。

此书的稿费我是分两次去出版社取来的,在会计科的柜面上等着拿钱,很有一种身处当铺的感觉。电影《方珍珠》里,"破风筝"(陶金饰)在当铺,那柜台高得像城墙,摄影师居高临下故意拍俯角,愈发显得人穷志短。

第一次(二〇〇六年三月)结了一千九百六十九元五角一分,说是销出一千册的稿费。第二次(二〇〇六年九月)结了一千三百八十七元二角五分。两笔相加仅三千三百,又回到

第一本书《漫话老杂志》水平。二〇〇八年九月出版社给了我一百三十九本书抵稿费，消化这些书很像自费出书模式自己要包销。一笔大宗的是好友秦杰拿走九包五十四本，他拿到山东兜售。女儿帮我在她的好友中推销了七十多本，给了我二千元。我写了一段博客，自我解嘲。

我出过两本专门的书（但不能称专著），一本是老漫画的，一本是老电影的。电影这本叫《梦影集——我的电影记忆》，中央新闻电影纪录片厂看了我这书，觉得用来配合纪念中国电影一百年（1905—2005）能多个微观的视角，就找上门来，一小队人马到寒舍真刀真枪地拍了三十分钟电影（是电影是胶片，可不是拍电视）。最后纪录片叫《百年光影》，在人民大会堂首映，党和国家最高领导人出席，《新闻联播》里报道，由于片子里只有我一个是平民，念我名字后，有些前辈问我那是你吗不会是同名同姓吧。我说这些话没自我吹嘘的意思（虽然尽够吹嘘的资格了），我想说明的就是闹出了如此大动静的一本书，也销售得十分之不好，我所得之稿酬不及我投入购买老影刊的五分之一。真是丢人，三年后出版社退给我139本书，算是折抵稿酬。为了给这139本书找出路，甭提了，动用了所能用的人脉——就差批发给小区门口卖盗版书的了。门口收废品的用平板车帮我把139本书拉上楼，我说这是我写的书，送你一本，收废品的老兄说"是写爱情的吗？"

《梦影集》获得一篇香港人写的书评，载《大公报》，我是看不到的，李君维先生复印了寄给我。作者"昆南"，题目《一个老影迷的〈梦影集〉——纪念中国电影诞生一百年》。我在剪报的空白写了"墙里开花墙外香，域外到底有知音"。

此书送出五十多册，除了书友，亲朋好友也比其他书送得多，因为这书她们"看得懂"。女儿的同事真是"人小鬼大"，能从观影日记里窥探出某种信息。

父亲对我说，上海的老影星如顾兰君、龚秋霞、王引、袁美云他都知道，白云他也知道。父亲回忆小时候还与王丹凤吃过饭，奚家爸爸还在顾兰君的公司里干过几天会计。

最后添一句，不然就忘提了不该忘提的一事。书名"梦影集"，大概是读了陈辉扬的《梦影集》后觉得好，拿来为我所用。买到这本台湾出的《梦影集——中国电影印象》后，我写了一段字"今日两架子五六排港台书被我一一扫描，此册也是。一九九六年十一月二日外文书店 其章记"。

悼一本杂志
——《终刊号丛话》

一

前面的四本书都竟然都是在北京城里出版的,这一本总算出了城,落户在河南,——河南人民出版社。中国出版业体制也有过改革,惟"人民"字头的出版社(各省保留一家"某某人民出版社")好像国家尚未"断奶",别的体制的出版社均得"自谋生路",我就大概知道这一点,还不知道对不对。

二〇〇四年十月十四日"早上接河南人民出版社蔡瑛电话,来京组稿,想约我一谈。"十月十七日"晚与蔡瑛联系,约明天三联书店见。"

第二天,十点半在三联书店见到蔡瑛,高大一男子,"英""瑛"我以为都是女子的专用名。蔡说还是到他住的旅店去谈吧。旅店就在三联书店近旁,钱粮胡同内。谈一小时,蔡瑛说此行想约范用、姜德明书稿,还有范笑我,最终好像只有我的这本落实了。也许是我最近的两本都是谈杂志创刊号的,所以我建议还是"熟门不出",但不写创刊号而是"终刊号",蔡瑛认可。

十月二十二日,蔡瑛电话,命拟终刊刊号意向书。

十月三十一日,蔡瑛来信,书名定"终刊号丛话"。

十一月十八日,收到《终刊号丛话》合同。

有了终刊号合同,一时间手里有三部书稿。那几年真是忙,近年节奏明显放缓。有朋友称写作亦有"高潮和低潮",这使我想起电影《大浪淘沙》里的一句话画外音"革命,暂时陷入了低潮"。

二

如果说关于"创刊号"的两本书尚不能算纯粹的原始创意的话,"终刊号"这书则可以讲这句话了。那几年沉湎民国旧刊,经年累月搜访,诸事皆费,简直迷死了。一刊到手,颠三倒四地翻看,细细地琢磨杂志的魅力何在。一本杂志的开始,万人瞩目;一本杂志的终结却少人关心。我却发现了终刊号鲜为人知的一面,不知是否心灵感应,一本杂志摆在面前,只须翻几页我便能判断是否终刊号,这个窍门我在书里坦白了。

为了写这本书,除了在已有的杂志里将终刊号挑拣出来,还在淘书时特别留意搜集终刊号(这点很像写作创刊号之时的作法)。写作终刊号,表面上只要把那一本终刊号放手边就行了,实际的作法不是这样的。你必须将含有终刊号的这一套杂志尽可能全的都找出来作为参考（如五十七期的《古今》，二十二期的《越风》，三十五期的《春秋》等），最低的条件是终刊号本身不能缺席。我在写《光化》终刊号时说过"我的藏本是一至六期的合订本，所以尽管是写终刊号，但是刊物的总面貌也不能不提。"

竭我所能，也只找到了五十种可资写书的终刊号，有的杂志因为我已写了创刊号就不便再写终刊号。五十种里年头最远的是一九二三年（《东方小说》），最晚的是一九五一年（《青青电影》）。我的写作杂志有一个自订的范围，尽量不涉及一九四九之后所出刊物，《青青电影》创刊于一九三三年，由于政治倾向不鲜明，所以跨越民国，沦陷时期，抗战胜利后，进入新中国。

终不终刊？有的杂志明确注明这本即"终刊号"，而更多的杂志是突然或临时决定停刊的，来不及标明最后一本是"终刊号"，也就是说前者有准备（主动的），后者没有准备（被动的）。一本杂志的起始，期刊目录总会标示清楚的，拿到一本杂志判断其是否终刊号，一般的作法就是从目录里求答案。需要谨慎的是，目录的记载亦非百分百准确，"终刊不终"的事情我就碰到过好几本。

写入书中的五十种终刊号，有几种是很特殊的，这里的特殊表现在杂志本身，或者来自搜集的过程。《越风》终刊号是特别的一本，我是先得终刊号，再得零本，最后收集齐一整套《越风》。这个终刊号的珍贵之处在于它有一大段原藏者的题记，题记本身自成一段历史中的一个故事：

"十年浩劫，本人所藏《越风》文史杂志与一切其他零刊一起遭殃，被洗劫一空。退休后在故纸堆中发现尚剩劫后残存的一本，一九三七年四月出版的第二卷第四期，然亦残破不全，花了半天功夫重新整理装订，以留纪念。在原封面左上角有一红笔"反"字乃劫去逐本审查时加上去的。'反'者反动之谓也，今思之可发一笑。试想本期第一篇即《汪精卫庚戌蒙难实录》，此人是汉奸，但一九三七年四月此刊出版时，尚未落水，当时的客观情况如此，六六年审查时，极左思潮控制下，宣称其为'反动'刊物了，但仍能漏网获还，亦异事也。一九九一年五月十八日下午。"

《越风》出至第二卷第四期后停刊。

巧合的是，我的《古今》终刊号亦为同一藏者，也有一段题记，转录在下面：

"本人喜读文史类散文刊物，于建国前设法淘配成全套《古今》共计五十七期，弥足珍贵。不料十年浩劫中，为某某某唆使暴徒将吾家藏书全部劫走。数年后几经交涉能返还者十之一二而已。本人所珍藏的成套杂志《宇宙风乙刊》《逸经》《小天地》《语林》《杂志》《万象》《大众》《春秋》《大侦探》《新侦探》等等均无一归还，而《古今》竟能奇迹似的原物返回，但已残缺不全。或封面，封底被撕去，或残破不全。经整修，装订为七册，以免今后再有失落，盖劫后残余，更足珍贵也！最近更设法用复印的办法，将缺少的几期（每页五角）配齐，失落的封面也用此法配全，至此又有全套《古今》可供消磨退休岁月。

"按《古今》创刊于民国卅一年三月，终刊于民国卅三年十月。起先为月刊，第九期起改为半月刊。出版于风月如晦的日子里，虽表面上说是私人出资办的刊物，但当年处于沦陷时期，没有背景，哪里能出版杂志呢？作者不少是落水文人，但他们的文章，绝大部分不涉及政治，仅为怀人，怀旧，谈谈掌故……的清谈，尚有不少有史料价值。时过半个多世纪之后，一九九七年七月在上海古籍书店的上海旧书店，发觉有《古今》四十六期，标价竟达一千元人民币，可见《古今》不再为禁书可公开发售了。复印的几期质量不差，惜因复印的技术问题，页数次序与原刊相差一页，因而装订线的方向也变为页数侧，翻阅时略感不便，但在《古今》出版五十五年之后，又能恢复全帙，亦可值得纪念的一件事，故略誌数语以留纪念。一九九九年三月二十七日装订毕。"

如此饱含故物之思的终刊号，写入丛话里，不又是在延续它的生命么。至于《古今》的珍稀程度，香港作家陈辉扬写道"《古今》半月刊散佚不全，难窥全豹，北京三联书店范用先生竟藏有全套，本月七日，著者造访范公，亲自检视此二文在《古今》初刊的面貌，发觉唐文标所记之期数有误，故孙文亦误，乃重新订正张爱玲二文在《古今》发表的期数。"（"《张爱玲生平和创作活动简记》勘误"）在北京，我还知道几位收藏全份《古今》者。近年《古今》虽有影印本问世，惜乎左思犹在，关于汪精卫陈公博部分有删除。

《古今》里的笔名及化名的破解，像数论里的"歌德巴赫猜想"，至今无人能够全部还原真身。昨天才知道第六期《明末的人物》的作者刘平是杨宽（1914—2005）的化名。黄裳（1919—2012）对于某些人过度考据他于《古今》撰文所用笔名很是不满，讥之为"唠叨不止"。

《风云》终刊号，其实不过是一本只出过两期的杂志的第二期。我先得创刊号，十年后偶得终刊号。我写道"它是一直在等我吗？你知道我在等你吗？物不能言却有情，十年一等，哪里会失约。"

《文饭小品》的主人施蛰存写过《文饭小品废刊及其他》的启事，启事没有写在《文饭小品》终刊号里面，而是在另外一本杂志，等于是一次坏事情的"广而告之"。施蛰存称终刊为"废刊"，相对于休刊、停刊、终刊这几个词而言，意思好像更无奈一些，有点"废然而止"的味道。本文题为"悼一本杂志"，也可改为"惜一本杂志"，总之是哀惋像《文饭小品》这样的优秀杂志只存活了区区六期。

有一本很重要的杂志的终刊号是在本书出版之后我才得到的，来不及收入书里，至为可惜。北平沦陷时期，周作人主编《艺文杂志》，老周主持的杂志错得了么，强大的笔阵，一流的文章。那时的古城，有如废名《牌楼》所吟：

我也爱这个古城

　　我爱这个古城的颜色

　　我爱这古城正好不是一个雨的城

　　这里的风尘正好有它的虹

　　我爱看长街上的牌楼

　　风自萧萧

　　人自纷纷

　　一朝而我看得我的牌楼偏有风尘相

　　于是我说我将不愿再看我的牌楼了

　　西方的远山远远的为我落一个颜色

《艺文杂志》乃我最早入手的刊物，是合订本，后来又让我改装成精装。此志出三卷，第三卷只出了五期，这五期里有两次合期（一、二合期，四、五合期），等于是三本，终刊号为"四、五合期"。第三卷这三本很少有，权威的期刊目录亦缺录这三本。我的一位书友以很便宜的价钱在孔夫子旧书网买到终刊号，我得知后与他商议用两本新文学单行本交换，他欣然同意，皆大欢喜。个人手中存有《艺文杂志》者，我没听说过还有谁。《艺文杂志》有个缺点，字号太小，小到不能再小的程度。年轻时看着都费劲，岁数大了非借助放大镜不可，所以说"读书宜趁早"。

三

总体而言,与蔡瑛的合作十分融洽,只出过一次故障。他嫌"丛话"不够通俗,想改为"终刊号杂谈",我一听着急了,忙说很烦"杂谈"二字,且"丛话"是打郑逸梅"民国旧派文艺期刊丛话"那好不容易学来的,今日不用,更待何时。蔡瑛未再坚持他的"不够通俗"。

二〇〇六年三月十六日,蔡瑛来电话,称书出来了,先寄给我一本,还说"这是他们社最漂亮的一本书,从没作过彩图的书。"

他讲了计算稿酬的方法,我是半明白半不明白。什么一八二页,每页二十八乘以二十八,刨去半页的,计十四万五千八百二十四个字,加上图片费五百元,真到手也就七千上下吧。

后来的几天我出了趟远门,回来即收到样书。蔡瑛来电话问账号。

三月二十六日收样书三十本,及稿费清单,七千六百九十三元二角一分。

送书的数量是二十八册,除了几位"每书必送"的老师及好友,特地送了河北安宗荣先生一册,以感谢他为我刻印。几年来,没少干签名或签名售书之事,安先生刻的这几方印派上了用场。

止庵用一天的功夫看完这书,点评"介绍性的文字还是过多,旁及的材料太少"。

前几日读陈建军新著《掸尘录——现代文坛史料考释》,其中《"语林附刊小册甲"及陆小曼佚文》乃惟一涉及沦陷区刊物的文章,还是沾了作者偏爱陆小曼的光。《语林》第五期之后出的这个"附刊小册甲",只有八页,并预告接下来还出"小册乙"。陈建军是利用网络搜集材料的顶尖高手,他都没见过"小册乙",看来《语林》之终刊号仍是待解之谜。

二十年搜书自供状
——《搜书记》

一

这本书要算我的已出书里，受关注受好评最多的一本。有几位书友称他们是看了这本书之后走上"革命道路"的，这当然是句玩笑的话，意思是受本书影响他们开始喜欢收集书籍——而非单纯为阅读而买书。还有一位读者将《搜书记》送给王元化、黄裳、白化文、何兆武几位。黄裳看了后对送书者说"此人会写，收书与我非一类，无学术价值。"黄永年先生（一九二五——二〇〇七）通过《藏书家》首任主编周晶转达想看《搜书记》，我当然颠颠地呈献御览，黄先生回赠我《学苑零拾》。还有一个现象可以换个角度说明本书受读者偏爱的程度。后来我不是又写了《搜书后记》《搜书剳记》，并称"搜书三记"吗，许多读者都评论说后面两本远不如第一本，有一位朋友在"豆瓣读书"里给《搜书后记》打分称"比《搜书记》退步了不止一颗星。"还是这位朋友，在给《搜书记》打了五星之后赞道

"久置案头常读。"到了《搜书剳记》,还是这位朋友,只给了三星,但评语透着善解人意,"搜书记系列第三本,体例上增加了书账,但没有了补注有点可惜(第一本的补注可好看了),大概事情发生得近,注无可注吧。看到很多熟人……只可惜没有什么书好搜了。"还是这位朋友(此时我们已经很熟了),最近在微博私信里对我说:"您的《搜书记》是我最爱看的一本日记,百看不厌。对一些领域逐渐提起兴趣,实肇因于此书。"

更有趣的是,还是这位年轻朋友对我说:"三记后来陆续寄回老家。在老家的奶奶(奶奶是一九四〇年生人)喜欢看书,我告诉她《搜书记》系列颇好看,于是她先看《搜书剳记》,觉得意思一般,特别觉得书账收入有点无聊。再看《搜书后记》,觉得'搜书'还是蛮有意思的。我告诉她第一本最好看啊!她找出一看,回报说,果然还是第一记写得最好。"我说奶奶发明的"倒读法"提醒了读者,看书须渐入佳境。

说起这书的写作动机,就必须提到止庵先生,他是影响我以文为生的生活的关键先生,重要到什么程度呢,自本书起,以后我的十几本书他都参与了关键的环节,关键的意见。我俩的第一次见面是二〇〇三年三月在北京电视台拍一档读书节目。事先节目的主持问到我,这个节目叫谁合适,我说田涛、止庵。拍完节目,俩人在三环路口分手,止庵说了一句"保持联系"。几年后我俩很熟了,慢慢地他不再以"保持联系"作为结束语,我也明白过来,那是一句跟"再见"差不离的客套话。我一直认为待人接物中过度的客气，不过是某一方更介意"淡如水"的关系。

如今往回倒，两个人怎么会走近的呢，这得感谢张爱玲。我手里握有发表张爱玲作品的旧杂志，张爱玲手绘的图画在那里才显得真实，复印来复印去的复印件，怎么瞅也觉得别扭。止庵于张爱玲研究用力最勤，文字功夫也够，可是到了配图这一关，好像就得有求于我。图片作媒，电话便多了起来，聊得多了，才发现挺对脾气，许多观点惊人的一致。到了现在止庵也不得不承认我还是有"格言"的，譬如"明白比聪明更要紧"、"我不是一个记仇的人，但是让我忘掉也很难"等等。止庵有一个"朋友观"，我是直接受益者。他说交朋友，就得帮实事。他在出版界熟人多，有出书的机会便想着我。很快，二〇〇五年六月二十日，止庵和山东画报出版社的徐峙立，光临寒舍。事先止庵来过几次电话，称山东画报出版社有意组稿"书虫丛书"，他让我加盟，并建议我从淘书的角度写，把日记也糅进去。这很像命题作文，我无须多加思考，因为题目撞我强项上了。

我自己想出了个框架："日记+图片+补注"。在本书之前，我感觉书话已走到"李杜诗篇万口传，至今已觉不新鲜"的地步，非有改变不可。如何改变，我是没有一点儿能力的，只想到了一个讨巧之法，即这个框架。日记是现成的，图片也是现成的，补注也好办，相机行事呗。如果是别的框架，他人很容易模仿，而日记是模仿不来的。"搜书记"实质是"搜书的日记"，显然我不会笨到起那么个老实巴交的书名。事后证明，框架的设计是成功的。三者缺一不可，日记第一重要，图片第二重要，没有补注不成，记日记的时候只须自己明白不必考虑别人明白与否，出成书，某些日记就得加个注解啥的。

由于有止庵的前面的吹风，徐峙立只是略听了一下我的写作思路就拍板了。连书的封面也当场选定，用黄苗子为《小说半月刊》所绘封面画，徐峙立称此画暗含"书中自有颜如玉"之意。书成之后，这个封面果然大受读者夸赞。

中午三人在"大鸭梨"吃饭，花费八十七元，徐峙立买单。《搜书记》就是这么轻松友好的唠家常似的谈妥了。

二

虽然书的框架是我自己的智慧，但是目录这个难题是赵国忠帮我出的主意，目录如果按年头顺序排，难免呆板，赵说不妨参照徐迟《江南小镇》的目录。这真是一步妙棋，我写这些提要式的目录，非常之轻松愉快，这些个提要使整部书显得丰满且活泼。

图片也是一个小难题，前面的几本书均为一文对应一图，这个方式不适用日记体。止庵说文图不必严格地一一对应，相距不要太远就是了。出版社解决了这个小难题，版式为上图下文，形式很像石印本的"绘图千家诗"。有一点比较可惜，原先设想是彩图，因为成本的拖累一律改为黑白。这个版式后来也被岳麓出版社的《搜书后记》录用，前面一例，"剪影"的版式即"风景"的翻版。

工作量最大的一项，抄日记。抄日记的方法，不是全年全月全天的照抄——只抄与搜书藏书读书相关的内容。具体到一天的日记，也仅仅是摘抄。摘抄应遵守这八个字"虽有去取，却无修饰"。还有一点要灵活掌握，打个比方，日记是水，与书相关内容是鱼，把鱼捞出来就算是摘抄。可是你又不能让鱼立马就变成了死鱼，还得稍稍带些水使鱼保持鲜活状态，这些带上来的水与书无关，却是必不可少的。做到"鱼离了水还能活"，要靠你的日记是否具有生活气息，如果日记记得跟书账似的，就不需要捞什么鱼了。我庆幸我的日记还算有血有肉，有滋有味，抄（手抄）起来一点儿没觉得苦也没觉得烦，抄到伤心之处，差不多还要流泪。实际上每隔一段时间，我会重温过去的日记，多数的情形是为了核实一件事或一个日期，捎带着那一段的生活场景不请自来，浮现，重现，何曾有过？居然有过？脑子停顿，惆怅，叹息，怀疑，合上本子，为了忘却的记忆。又过了较长时间，无意中又翻到翻过的地方，感觉是初读的感觉。

有朋友说，大限将至，首要之事是烧掉日记。我现在不去想以后处理日记的事，如同不去想处理自己心爱的图书一样。对付它们没有万全之策，先人的例子无数遍地证明了这种无奈。

从哪一年抄起，也是要考虑的。序里声明"二十年搜书"，自二〇〇五年往前推，就打一九八六年算起，实不足二十年。考虑到是二〇〇五年年中动笔的，这一年就不纳入本书了。那么为什么不往前推到八五八四年呢，这个好解释，因为那个时期只有零星的买书，有意识的"搜书"在日记里几乎没有记载。另外还有一个大原因，那几年刚成立家庭有了个女娃，加之上班的辛劳，无暇顾及温饱之外的闲情。

本书全由手写手抄，可谓"全手工"之书稿。后面的两本搜书是用电脑抄的，一本用台式电脑抄，一本用笔记本电脑，利用新科技方面我没有落后时代太远。电脑写作的好处是便于修改，改多少遍都成，只要你不烦电脑绝不会先烦。还有一个好处，当你吃不准某词的意思，上网查查，免得出笑话。抄日记我用电脑，写日记我仍坚持用钢笔，——以保证在签名售书时不至于因字丑而陷入窘境，偏废一方的态度不可取。某些人（岁数太大不在内）顽拒电脑，自视为"气节"，我说句笑话"你不读《红楼梦》，不是曹雪芹的损失。"同理，你不利用电脑，不是电脑的损失。

没有电脑，可以有《搜书记》，但是《搜书后记》和《搜书剞记》有没有就二说着了。《搜书记》所得百分之九十九来自旧书店旧书摊，而《搜书后记》所得百分之八十，《搜书剞记》百分之九十来自电脑（也就是网络）。如此高程度地依赖电脑，又催生出另一个行业，快递。前几天去小区外取快递，门口有好几家快递的车，我随便问一家"有姓谢的快递？"一小伙说"谢其章吧？"我说你怎么知道我名字，小伙说"老有你快递呗"。

七月下旬开抄日记。正在此时，姐夫突然去世。我在日记中写道"一个人去世之后，他的种种好处便容易被人回忆起来。""人绝对是好人，最后几年走了点儿极端，把一生的好脾气给毁了。""执拗是把两面都开了刃的剑。"

七月二十九日抄九二年日记，触动到秋天的那片落叶，还有更早年间的那片秋叶。夹在日记本里的叶子，谁也猜不透它的心事。

八月七日抄九四年日记，一阵心酸又上心头。

再重申一次，九四年是我生活里最不堪回首的一年，堪比插队岁月，堪比青海岁月。虽然人在北京城，虽然那个年头并不坏，可我感觉糟透了。以后的糟跟九四年的糟一比，统统不算糟。

大约每天抄三千字，一个多月的时间抄完了。后来的两本搜书记是电脑抄，速度与手抄相当。

三

九月二十七日，徐峙立来北京，下午与止庵同来寒舍。我把书稿交给徐，然后三人一起去李君维家。

二〇〇六年三月二十四日，收《搜书记》校样。下午止庵也收到了一份校样。他建议我重新写个序，把现在的序当"后记"，新序多写"买书经验谈"。这种结构性调整，来自于他的经验。书出之后，有好几位读者称"序比书好"。

七月九日接到徐峙立快递《搜书记》五本，正好下午小学同学聚会，带去一本送给了赵峥。几十年来，与小学同学有联系的仅赵峥一人。初中时联络小学同学在北海公园聚是他到按院胡同来通知我，一九九八年联络小学同学聚也是他来电话通知我，时隔八年又是他来通知我。

七月十三日，尚未起床，止庵电话，大赞《搜书记》，称之为"奇书"。他夜里读到一点，五点起床又读，他说很少这么看书的。我说不是写得多么好，是题材讨巧。

七月二十三日，昨夜十时，马征来电话，称看了《搜书记》后大有感想，聊一个半钟点。看来这书迎合了读者口味。

七月二十四日，上午给姜德明先生去电话，他说收到《搜书记》后给我打过电话，没人接。姜先生说一字不拉的看完，错字不算多，说补注好，如无补注则减色不少。

七月二十五日一大帮子书友在鲁迅博物馆聚，送孙郁《搜书记》，他说"民国书影就是不一般呀。"

八月十九日，去潘家园，大亮和孔夫子网一个叫孙海洋的让我签了一堆书，孙把三联书店的毛边本《搜书记》全包圆了，签完字借机讨了一本转手送给陈晓维（高卧东山）。

八月二十五日，今天《新京报》新书排行榜，《搜书记》居然名列前十（第十位）。

九月十二日，徐峙立电话，让我列出勘误表，要加印，数量是三千册。第二天她又来电话，勘误表收到，称有的订正由于技术的原因改不了。十月二十三日，收二印样书两册。

九月二十四日，内子携《搜书记》至玲珑公园读，称大好。她怎么能读出好呢。此书之后，我出的书她至多是瞥一眼封面，说一两句"还可以"的敷衍话。

北师大中文系教授朱金顺先生，他的《新文学资料引论》《新文学考据举隅》两本书，真好，当年我们这些喜欢淘旧书的人手一册。朱先生居然给《搜书记》写了个书评，对于我来讲这是殊荣，特殊的鼓励。

十一月二十六日收《搜书记》稿费六千四百五十四元。计算公式为：定价乘以印数乘以版税减去作者购书款减去所得税。

二〇〇六年我家一亲戚卖房，每平米想卖一万块，结果卖到七千。

历史的哈哈镜
——《漫画漫话——一九一〇至一九五〇世间相》

一

二〇〇六年五月三十日,快递送来《漫画漫话》书稿,这部书稿是去年三月交给天津百花文艺出版社张竞毅先生的,十四个月后原物奉还。想起当初的一拍即合,言之凿凿,绝处逢生,生而复死,不禁骇笑。

十四个月之前还有一大段关于这部书稿的情节呢,虽然算不得百转千回,也是可与《蠹鱼集》的经历相比了。这两本书可谓难兄难弟,哥哥比弟弟的下场有一点强得多,毕竟最终得了几千元稿费,军事上有个词"惨胜",说得文一点即"杀敌一千,自损八百"。有一点须说明,弟弟是一开始就讲好没稿费的(却非自费出书)。难弟的"后记",我自认为写得很技巧,刚才重温竟然发现九年前我就拿哥俩儿打过比方而且用的词也是"难兄难弟",可见好了伤疤没忘了疼。下篇要写的正是《蠹鱼集》,还是先回到《漫画漫话》的出书历程。

我与张竞毅无初面之缘，一切的联络全都是电话，多是他打给我，我打得少是因为我计较长途电话费。我们始终没见过面，听声音是宏亮的，带有不容分辩的口气。虽然他没有给我出成漫画这书，但是促使我写民国漫画的是他。没有合作成，也没有不愉快。如果非要找个原因，那也许是缘分不够吧。下面是日记里的记载。

二〇〇三年十二月十三日，张竞毅来电话，告诉我张伟的书已出，将寄我一册。仍惦记着我写漫画书。

二〇〇四年一月二十日，中午张竞毅电话，我送给他的书收到了。还是想约我写一本，称我的写法独此一家不怕别人抢了先。被他说的我倒想出了一个书名"漫画漫文"。

一月二十四日，终于收到张竞毅寄赠《尘封的珍书异刊》，特别厚，但装帧版式不佳，内容多有可借鉴之处。

二月四日，昨天下午张竞毅电话，想要老画报题材，真贼。还是下半年给他"漫画漫话"吧。

九月二十八日，张竞毅回电话，达成协议，八九万字，一百五十幅图片，十一月底交稿。

二〇〇五年九月九日，忽然想起给张竞毅拨个电话，他推说最近很忙，出了两次差。还是我直接说了，是不是想与毕克官那书拉开一段时间上的距离，他承认有这么个因素。我又问"黄"得了么？张称那哪能呢。他仍惊诧我的老漫画专题如何丰富。

十一月十七日，下午拨通张竞毅电话，录音留言"书稿已转他处"，马上就给我回电话，道歉，解释了二十分钟，主要理由还是与毕克官书题材撞车且相隔太近。答应退还书稿。

十一月二十五日，张竞毅来电话，漫画书稿起死回生，图片也扫描了。我说给您十天时间，他说用不了。忘记跟他提合同的事了。

十一月二十六日晚九点给张竞毅去电话，要合同，他答应下周二三必给准信。

十二月九日，中午收到张竞毅退回的图片，文稿未退，办事总不干脆。

最早是张竞毅看到了我在《中国收藏》一篇讲民国画报的小文，也许是那些彩色画报让张先生注意到选题的可能，他打来电话。我们直入主题，讨论怎么能搞出一本书来。我们聊到上海图书馆的张伟，我羡慕张伟近水楼台，守着宝山宝海作考据作研究。很多次闲聊之后，定下漫画这本书。正在此时，毕克官先生的一本漫画书进入了张竞毅供职的出版社。毕克官既是漫画家又是漫画史的研究权威（《中国漫画史》是其代表作），我的书当然不是权威的对手，尽管题材貌似重叠，实质"他写他的，我写我的"，可最后我还是被PK。

借用一句托大的话，是金子总要发光。止庵见到漫画书稿，马上推荐给新星出版社，出版社马上同意出书。

止庵对书稿提出几个建议，一，"漫画漫文"的"漫文"不通。二，加副书名。三，目录按年代顺序排。

二

前几天与上海书店陈克希（虎闱）通电话，聊到民国期刊之分类，他讲有三个版块是很好玩的，文学文艺类，电影类，漫画类。我加了一个鸳蝴类。上海是民国杂志出版中心，漫画刊物独领风骚，像北京这样的大都市，若比较起漫画刊物，连上海的半根脚趾头都不如，如果将范围放宽到报纸副刊所载漫画（黄士英所谓"日报的讽刺画"），北京尚有的一拼。

民国时期，纯粹的漫画刊物不过几十种，大多刊期不长，十几期算长的了，一两期，四五期的居多。我所知道的《时代漫画》算最久的了，也不过三十九期（中间被停过刊）。汪子美在他的杰作《中国漫画之演进》中对《时代漫画》及围绕它的一群漫画家有一番专业评论：

《时代漫画》的产生，可以说是中国漫画新兴的转机。漫画独立性重复抬起头来。努力的一群仍然是《上海漫画》的原班人马。创刊号问世时，国内的漫画喜爱者才对单本漫画刊物的形式吐了一口气，觉得这样才是独立漫画刊物最低限度所应具的形式。因为《时代漫画》已由过去《上海漫画》简陋的石刷进展成完备的印刷与制版的条件了。虽然是这样一种可怜的跃进，但在中国贫孱的出版界与饥饿的读者之间，已不能不认为是一种可喜的新现象了。因为《时代漫画》抓住广大的读众的拥护，漫画在中国的滋生遂开始由萌芽而绚丽，以至于灿烂了。由于编者撰稿人多为过去《上海漫画》的执笔人，《时代漫画》的精神趣旨似乎依旧承袭着《上海漫画》的遗风的。他们最高的意识表现，是民族观念的国家主义。从创刊号开始的早几期，曾一度陷入色情文化的气氛中而减轻了一时读者的信念。同时也是作者倾向于一种风气。除了鲁少飞、张光宇、张振宇、叶浅予、黄文农（未去世前）等旧作者，新进的执笔人有胡考、张乐平、张英超、程柳燊、陆志庠、丁聪、江栋良、江毓祺、陶谋基、陈静生、曹涵美等。

胡考最初的技巧是畸形发展着，先是抓不到一种固定的技巧而肆意地考案着，等到发现张光宇哥佛罗皮斯派的技巧形式之美，便从事步尘，有一个时期节奏颇显示强牵不能舒展，现在似在逐渐地进展着了。其实胡君在《万象》发表的《万寿无疆图》，不论在形式上，意匠上，都视为佳超之作。总言之，分析胡考的作品，可以说完全偏重于形式的表现方面，所有的作品，始终在小趣味中徘徊流连不忍去，而对于中心意识不肯认真去寻求或体验。胡君如能于"小趣味的摆设"之外，更追求着有生命的精神，以充实其美丽的贝壳则不难有更可赞的成绩收获。张乐平技巧上的圆熟直追叶浅予，在线条的流利上他与叶浅予有着同样的丰韵。张英超的作品是完全披着玫瑰色的外衣，描写的对象都是都会的歇斯底里亚：女人的风魔，酒色的诱惑，爵士的旋律，新世纪的流行感冒，充满了罗曼蒂克的气息。所有这些，技巧与意识形态都是直接受了美国漫画家Ressell Patterson的传染。这是一种最流行的时髦品。

陶谋基的漫画与郭建英好像是姊妹篇，但缺乏郭建英的清秀而多色情的气息。陈静生的作风最初直接受恶魔派黑白画家"琵亚词侣"的影响。后来自成一种清秀的风姿。静生的画每一幅都是美妙的小品，风趣盎然。然而所缺乏的也是动荡的魄力。现在特别要推荐的是唯美古典插绘家曹涵美。我们先不要研究他所作的《金瓶梅》内在的意识如何，单就技巧方面说，这承袭旧有的插绘技巧而加以新的姿色形成新的典型技巧，曹涵美总算是划时代的古典插绘家。《金瓶梅》的插绘确是予人以新的魅力的。

陆志庠是完全摹仿德国讽刺画家乔治·格罗斯（George Grosz）的作风。其初只是直线的摹仿，而不能领会格罗斯的真精神；但陆君是踏着迅速的进展的步子的，不久他就显示着相当的进展。不过对于选取题材方面，从陆志庠的作品中看去，他还没有抓住较深刻的意识，而只是现实生活的素描罢了。

一百一十期的《上海漫画》的外形像报纸，八开四个版（黄士英称其"是五彩石印与铅印的一四开大张""每周出版一期，民十七发刊，至一百十期停止"）。汪子美给予《上海漫画》这般评论：

漫画之在中国的出现并非是突然的事，然而能以集团群的开拓作小规模的举创正式向新的时代弄姿，对旧的遗存示威的先锋队，应当是中国美术社出版的《上海漫画》。在这以前，虽然零零乱乱有许多近似漫画趣的东西散乱着，而皆不能为漫画下一块奠基石，直到《上海漫画》产生，才正式宣布了漫画的旨趣。这一个漫画群，其中便以张光宇、叶浅予、黄文农、鲁少飞、郑光汉等为最活跃。在那个时代，《上海漫画》确是予苦闷的读众以新的惊异。引领他们到一个新的趣境去，忘怀了那些旧的盘踞。有他们几人先拿起画笔努力，这一种精神应该被保留为一种功绩的。努力的结果，中国漫画便由《上海漫画》的摇篮时期，一直摇成现在的形态。在意识上，他们完全是多角形的，充满世纪末的病态观，解剖了大都会病状的腹脏，描出女性的风魔的蛊惑，时代的流行感冒症，凡这些浮雕式的暴露，都为这一群漫画作者所采取而纤细地表现出来。他们的表现只限于他们个人美丽的或丑恶的人生观的憧憬。如果严肃地检讨起来，这一个时期自然是作者还未去客观地体验时代整个问题的焦点，而只是各人追寻跨空的虹彩一般的梦奇以培养技巧的美丽的阶段。"（汪子美《中国漫画之演进及展望》）

这两种漫刊前者近年影印了，后者二十年前影印过。之所以印，也许是因为重要（黄士英称"《上海漫画》在中国的漫画史上树起了一个崭新的旗帜"）。也许是刊期长。那些短命的漫刊也许集中起来才能印，才能借机让更多的人知道它们曾经存在过。"近现代漫画期刊史略"，是个不错的选题，我有心无力，如果我的收藏再丰富五倍的话，可以冲击一下。说来可怜见的，我一套首尾相接的全份漫画刊物也没有（只出一期的不算）。军事常识告诉我们，打阻击战，我方兵力可以少于敌方，甚至以一当十；打歼灭战或打包围，我敌兵力之比至少得二比一，多多益善。对于坚持不跑图书馆的我来说，也只有写点儿漫画随笔一条路可走。

汪子美对于《论语》杂志作为点缀的漫画评价不高："《论语》中的漫画，多不把握着相当的技巧而草率落笔，表现出来的作品是形式不够圆满地完成其意识的显露。"前尚有出版社将《论语》杂志里的漫画单拎出来，约几百幅吧，形成了三本书。事前，出版社约我给写个"出版说明"，这个活儿好干，一七七期《论语》我存有一七六期，以前也写过《历史的哈哈镜：〈论语〉专号》，所以写起来不是难事。将全部《论语》及相关材料集合在案头，以为很容易的写作却写了半个月，近一万字。意犹未尽，竟发愿写一本五万字的小书，不光写漫画，想写成"《论语》小史"这么个东西。

写漫画采取随笔的写法，还是要有一点儿考据的东西掺与其中的好，无奈材料匮乏，介绍和评论的文字仍占着大篇幅，颇想加一点内幕，上哪里去找啊。我说过，材料往往在文章发表或书成之后，不经意地一瞥间，来了。就拿《树倒猢狲散之〈俱乐部〉》来说，写的时候参考的是郑逸梅《民国旧派文艺期刊丛话》里的说法："（《俱乐部》）出版后颇受读者欢迎，但一期即止，原因是漫画中有郑光汉所作《树倒猢狲散》，国民党政府认为讥讽蒋介石，毅然一纸命令，禁止出版。"

我写道："《俱乐部》是不是因为这张漫画而关张的，现在没有别的说法，只得姑从郑逸梅之说，等以后发现新材料罢——或证实郑逸梅的说法，或怀疑之，或推翻之。三十年代漫画刊物讥讽蒋介石的漫画很多，要停，那就不止《俱乐部》一家了。"

前几天偶阅我的朋友赵国忠所编范烟桥《鸱夷室文钞》，吓一大跳，里面有一篇《海上漱石生于〈俱乐部〉》，讲得正是被查禁的内幕，而"海上漱石生"即孙玉声，《俱乐部》主编，当事人说当时事，所述当然可信。《俱乐部》出版于一九三五年二月一日，范烟桥文章发表于一九三五年二月十二日《苏州明报》。

范烟桥写到孙玉声来访，"孙先生今年已七十四岁，但是精神矍铄，正不减青年呢。他带了一本新出版的杂志《俱乐部》给我，封面上画着男女老少几十人，都是笑容可掬。我也不禁哈哈大笑说，真是名实相副的俱乐部了。"下面的对话是打着灯笼也找不到的一手材料。

孙先生正色说："现在倒有些烦恼呢。"

我惊问："怎的？"

他说："最初的计划，《俱乐部》要在去年国庆日出版的，后来为了插图多，稿件要送审查，耽搁到二月一日，才能问世……"

"这种文艺的作品，大概不至有妨碍的地方吧？"

他摇摇头说："大其不然！审查的人，非常仔细，金季鹤的《奖券琐谈》，中间有一节，稍涉迷信的，就给他们抹去。还有陈大悲的《王先生的一二八》，凡是讥笑日本人的字句，同样的抹去。"

"无谓之至！"

"不仅此也！插图里有《树倒猢狲散》和《多头政治》两幅漫画，又生了问题了！"

我翻了一翻，两幅漫画，赫然在目。便问"怎么没有删去呢？"

"正为了这个，现在不许发行呢。因为当时孙雪泥——发行人——以为图画不必审查的，谁知印成了，却责备我们手续未完呢。"

"内容很充实，将来有希望的。"

"是啊！二月一日，各报正在停刊期内，所以没有登大幅广告。可是放在上海杂志公司的橱窗里，第一天就卖掉了五百多本，第二天警告来了，只好搁起。"

"料想总可以疏通的。"

"就是疏通，以后的麻烦正多着呢。"

我只好幽默地念了一句"言论自由"的口头禅了。

一九三五年二月四日是春节"大年初一"，所以文中"二月一日，各报正在停刊期内"就好解释了。

查日记（二〇〇四年六月二十八日），姜德明先生存《俱乐部》。

写作本书另有意外的收获。漫画家汪子美的女儿电话联系我,她正在搜集父亲的画作。汪子美是我最喜欢的漫画家,他创作的《新八仙过海图》《鲁迅奋斗画传》,在我心中是列为漫画史前五名的杰作。现在大街上随处可见的那种小门脸的图片社,我请他们将这两幅漫画用上等纸制作成四开大,漂亮极了,老一代艺术家的佳作在新科技的照耀下光彩夺目。

画过许多介于"滑稽画"和"讽刺画"之间的幽默画的朱凤竹,我一直没有查到他的生平。朱凤竹为许多鸳蝴派刊物画过封面画,本书只收了《〈红玫瑰〉三十六图写尽世间众生相》,一想起搜求这三十六幅封面画的痴迷及写作时的文思若涌,仿佛还是昨天的情景。

三

二〇〇六年九月二十日,收《漫画漫话》一校。九月二十五日将一校稿返回出版社。二十六日不小心在大马路摔了一大马趴,左上臂左肩受伤最重,左胳膊抬不上桌面(没法打字),红肿淤紫(血)一直蔓延到手腕。居然没上医院没用药,五十多天后自愈,"伤筋动骨一百天",没让我熬那么久。疼归疼,还有心解嘲,引俄罗斯诗云:

假如你的手被刺刺了一下,你应该高兴,幸亏刺的不是你的眼睛。

假如你的爱人背叛了你,你应该高兴,幸亏她背叛的不是你的祖国。

到十月二十三日,一月之间,《漫画漫话》校稿往返了三次,哭笑不得的是有些错误校了三遍还是不改。

十一月,这段时间双方讨论封面。最后的定稿不是我选的那稿。我一直遗憾,书出之后,我在博客写了《怀念那一道美丽的紫色》,博客衰,微博兴,我又原题重发了一遍。

十二月十三日,收到样书。最失望的是图片,彩色与黑白混搭,说什么也晚了,为什么受伤的总是图片。还有一个失望,编辑称原定的一百本毛边本,印刷时还是给忘掉了。

十二月十九日,布衣书局老板胡彬学美术的,对三十年代漫画有兴趣,连网名也称"三十年代"。他比我还早几小时拿到样书,他说约你到网站来聊聊《漫画漫话》——说说漫画那点事儿。十九号的晚上我和他聊了二小时,布衣网友很捧场,提了几十个问题,聊得很开心。这不是我第一次上布衣网站"面对面",可是主题是我的新书,这是第一回。

巧了,十一个月后的十一月十七日,逛完潘家园后碰上"三十年代",一起去工行,《漫画漫话》稿费到账了,七千六百八十七元六角八分。

《漫画漫话》送得不多,二十六册。索书的朋友很少,也许对老漫画有兴趣的人本即不多。最后送出的一本是给中学同学周利和，他是我同桌，住太平桥大街（现为工行总部）。自小就是很优秀的孩子，一直是大队长。九十年代周利和在上海工作，我曾托他去上海旧书店买老期刊，现在他明白了我写的东西和九十年代的关联。

范用先生藏老漫画刊物很多，二〇〇七年一月二十日，我和吴兴文等去范用家，送他《漫画漫话》，那几年每去范宅必有新书奉上，所以范用问我，这是你送我的第几本书了。

陆昕先生近现代书刊收藏不少，他不属于我们这种急冲冲、急赤白脸的淘书人，永远不紧不慢，先聊天后买书。他的书运却很好，二〇〇七年十一月三日日记载，陆昕曾于九十年代初在海淀旧书一条街的中国书店得民国创刊号百余种，内有《上海漫画》《漫画界》《漫画漫话》等。那是九一九二年的时候，海淀中国书店放卖一批质量极高的民国单行本和期刊，姜德明先生，我的朋友胡桂林都有大收获。我知道消息已很晚，只买到一些高价货，原本是很便宜的，买的人多就给买贵了。

一条美丽的银蠹鱼从《水经注》里游出来
——《蠹鱼集》

一

关于这本书的开始,进行及下场,我已经零零散散说得很多,现在重说要减少牢骚的成分,毕竟事情已经过去很久了。我对这书的不满意主要是因为装帧和版式很差很差,没有想到读者不认为很差,踊跃购买,颇多好评。我最在意的地方,读者并不在意,以至于我反思是不是自己的想法出了偏差。想来想去,坚持我的审美,这书制作的确很差,方方面面都差。我就说一个登峰造极的例子,目录页第二篇"黄萍荪到底见过鲁迅没有?",公然把"鲁迅"印成了"鲁讯"。把鲁迅的名字印错的事,据我所知,本书是第三例。黄俊东《书话集》(一九七三年香港波文书局),内有一处将"鲁迅"印成"鱼迅"。吴兴文《我藏书票之旅》(二〇〇一年三联书店),内有一处也印成"鲁讯"了。我想这不会是作者的笔误,就算是笔误,校对干啥吃的。相比之黄、吴二位,我的丑出得更大,他们两本的"鱼""讯"好歹是深藏于书内，而我的"鲁讯"堂而皇之站立在目录页，有哪位读者读书不先读目录么。

龚明德于《唐弢注鲁迅〈门外文谈〉的版本》说过这样的话："拿到一九七二年十月由人民日报副刊编辑部内部印行的注释本《门外文谈》后，唐弢浏览了一遍，颇为不满，他虽然反复地在给人送书时讲'还是由于我的疏忽'、'主要是我粗枝大叶之故'，但干过编辑行当的人都明白，这是对承印承编一方的牢骚。"

说不发牢骚还是大发牢骚，可见伤害之深。

这书是怎么开始的，几乎每一步我都有记录，不单是时间地点讨论的具体情节，连当初的喜怒哀乐，表情，语气都有深的印象。这是套丛书，五个人，姜德明、刘福春、柯卫东、赵国忠、我。上面说的表情语气啥的，也包括我之外的四位。

丛书还有个前史，那时的作者是周继烈、李润波、赵国忠、我。索性说得细些，这书称得上"颠沛流离"，前史后史共四年，各占两年。

二〇〇三年

九月十五日，周继烈来电话，问想出书么，他手里有一个选题，谈书的。百分之八版税，八到十万字，一百幅图。出版社是天津古籍。我推荐小赵，他手里有现成稿三十几篇。此事似乎比年初那个大家伙多百分之五十的希望。

九月二十四日，与周继烈通电话，称可与辽宁画报出版社联系出本他谈铜墨盒收藏的书。

十月二十二日，周继烈电话，送我铜墨盒书，放萧振鸣那了。

十一月四日，归途顺路去鲁迅博物馆取周继烈送我的《墨盒收藏》。

十一月十一日，周继烈电话，我问书稿进展，他说绝对黄不了。我又给小赵电话，劝他及早动手。

十二月三日，上午于阳台拍图片一卷。把周继烈要的吴芝瑛给忘了。

十二月八日，寄周继烈吴芝瑛图片。

十二月十八日，这天的日记已抄在《搜书记》内，有一些不便抄入的内容今天仍不宜抄入。我和赵国忠第一次访周继烈家，第一次见到出版人刘秋芬，刘是天津人，所以我称之为"天津书稿"。周继烈是民间收藏带头人，跟马未都是一拨的，出道很早，只不过没混出来，远不如马未都如日中天。

二〇〇四年

一月二十日，"晚小赵电话，天津合同已寄到周继烈处，约择日去周宅签字。"

一月三十一日，"周继烈寄来出书协议，签一名而已。"

二月十六日，"晚学电脑，倒 A 盘，理天津书稿，并非一蹴而就之书。"

二月十九日，"理《蠹鱼集》。"

二月二十日,"写完《蠹鱼集》'小引'。"

二月二十一日,"晚仍理天津书稿,还需三天。"

二月二十二日,"赵晚上来电话,周继烈称书稿由天津人美出,原为天津古籍社。我原来也不知道哪家出,这是变数之一,以后还有之二、之三呢。"

二月二十三日,"理天津书稿,理出了头绪。"

二月二十四日,"小赵晚来电话称刘秋芬下周来京,届时交书稿。"

二月二十五日,"仍整天津书稿。中午于阳台又拍了一卷图片。"

二月二十六日,"上午抄旧稿两篇,欲编入天津书稿,还差几篇。"

三月一日,"晚周继烈电话,问书稿进展,下月初刘秋芬来。"

三月三日,"给天津的稿子就这些了,别再添了。"

三月四日,"晚将天津书稿定型,篇目,图片都搞定了。"

三月九日,"小赵电话,周继烈约定周五十二号交稿。"

三月十一日,"与小赵约明天上午去周宅。"

三月十二日,"上午天气极佳,只是我无外衣可换。十点半到三塔寺。赵国忠迟到半小时,十一点方姗姗来迟。至周继烈宅,李润波、刘秋芬已在。四人将稿交刘。看了李、赵的图片,都可以嘛。讨论了书的大致模样。看了刘给周设计的《雅玩掇英》封面，感觉一般，对我们这套丛书的外观不可抱高希望。中午在西外大街一饭馆吃，李润波买单，一百二十八元，饭菜很差。饭后各奔东西，刘称八月可见书。"

三月二十一日，小赵转周继烈口信，书稿已进入录入阶段。

四月二十二日，于鲁迅博物馆遇周继烈，他说天津书下月可见校样。

五月十八日，周继烈来电话，四川人民出版社请他编一套丛书，他约我写"读书与藏书"，比较好写，订了合同再说。

五月二十四日，天津张竞毅电话，聊一小时，仍是约稿。但已不局限于老漫画了，什么山东那本书也可以重新作，什么与张伟、韦力、刘澍合作一套丛书啦，云云，出书一下子似乎特容易了。

六月二日，收周继烈信，催稿，他欲谋成立个"京社"。

六月十七日，李润波电话，他替浙江大学出版社组稿，分给我写旧书，冯建忠写旧刊，百分之五版税，铜版纸印书，年底交稿。

七月九日，李润波电话，让本月十五号之前上报书名，又提图片最好是反转片。我打电话给刘秋芬，人在广州，书稿仍在校，称有可能转辽宁万卷公司出。

八月二日，李润波电话，问有无更好的书名。他那本叫"百年某某某"，冯建忠那本叫"民国创刊号百影"，诸如此类吧。

八月二十日，前天电话周继烈，他说天津稿仍运作中。

九月一日，秦杰电话，称听李润波讲，我的书稿和李的书稿过了，杨和冯的尚未定。这是一套蒙着来的丛书。

九月十七日，李润波说起浙大的书稿，他上次的书尚未拿到稿费。天津的书先谈的是百花又谈的是古籍，仍处不定之天。

九月二十六日，小赵电话，他今天接到刘秋芬电话，书稿尚未排妥。明年能出？后年拿钱，拖吧。

九月二十七日，小赵讲刘秋芬把图片光盘寄来了，他不会用。

十一月一日，刘秋芬终于来电话。从辽宁搞了书号改那出了。明天快递校样。听口气今年能出书，她一再说《旧书收藏》好卖。

十一月六日，收到刘秋芬寄来的校样，字号小，图片小，二百页。另附有几张彩色版，很满意。年底可见书？

十一月七日，校《蠹鱼集》。刘秋芬来电话，以后要出个盘寄过来。稿费由她负责。一切似乎峰回路转。

十一月十四日，刘秋芬电话催赶紧把校样寄她，出版社催呢。

十一月十七日，上午紧忙，将《蠹鱼集》校样快递，平日人挤人的窗口，今天竟无一人，校样寄出，如卸一大包袱，不亦快哉。

十一月十九日，小赵称他仍未收到校样。

十一月二十一日，中午去邮局查快递，电脑显示十八号对方就签收了。赶紧给刘秋芬电话,称别人给代收了。此人办事不灵?

十二月四日,中午于潘家园聚。小赵展示校样,版式有别出心裁之处。吴兴文动感情,说帮小赵校稿。归,小赵电话,已取回姜德明给他写的序。

十二月二十六日,刘秋芬才收到小赵的校样。下个月出不了书吧。

二〇〇四年结束。《蠹鱼集》没有如约出版,无碍大局,这一年还是出了两本书的。下面还要接着聊《蠹鱼集》前史的下半场,然后聊后史。〇五,〇六,〇七,〇八,还有四年,考验耐心的时候到了。出书要是不经历挫折的话,出书记还写它干吗。

二

二〇〇五年,我出成了两本书,一本《封面秀》,一本《梦影集》。好事不能都让一个人占了,所以另外两本不成也在情理之中罢。浙江大学那本,根本没上心,成不成无关痛痒。《蠹鱼集》的情况比较特殊,虽未尽全力,可是毕竟牵扯精力。此外,这套书还关系到好友赵国忠(习惯了"小赵""小赵")的第一本书,有点"生死与共"的意思。

一月四日,李润波电话,称浙大社本月中来,再面谈。他已出的那本书他要了二百本样书,等于是抵了稿费了,所以不急于索稿费。

一月十日，小赵电话，书稿近日寄回。周继烈又添了三十张图片。我给刘秋芬电话，校样就别再寄来了，寄张设计好的书封面就成了。估计三月能见书了吧。

一月十六日，还没起床，接小赵电话，天津刘秋芬表示图片改黑白的了。现在可以怀疑该书出得成出不成了。今年计划内的这两本书都打上了问号。

一月二十六日，小赵又给刘秋芬打电话，称近日将校样寄回，合同应该正式地签。

二月六日，晚小赵电话，称给刘秋芬电话，刘称丛书名改为"旧书收藏"，孰不知小赵最烦"收藏"二字。前面周继烈那本《雅玩掇英》，北京进了四百本只销出七十本，赔大发了。多灾多难的《蠹鱼集》，似渐行渐远。

二月二十日，小赵电话，天津这套书又出岔了，与辽宁万卷谈不拢，万卷表示作者得承担销售一部分书。周继烈的第一本书叫刘秋芬赔惨了，还压着三千册呢。如今回想起几个人于周宅策划时的意气风发，真可笑。

三月十日，刘秋芬电话，终于吐露实情。辽宁方面责怪刘，说好是谢其章一本，怎么变成了四个人四本？天津方面说，老谢的可以，周的第一本卖砸了怎可能再出第二本。

三月十七日，晚与小赵通话，他又给刘秋芬打过电话，刘称准印准出，五月上市，完全与她跟我说的不一样。

三月二十六日，小赵电话，称周继烈与他电话，书危也，再找下家。小赵积极性最高，因为这书是他处女作。

三月二十八日，小赵晚上来电话，他又联系刘秋芬，刘告知有百分之七十出书之可能，关键是她不愿垫付六万元的号款。

五月一日，小赵电话，他听刘秋芬说书稿又有戏了，可能去外地找合作方。外地？辽宁不是外地吗？

五月二十七日，给刘秋芬打手机。书稿彻底没戏了，会退还原稿及图片，光盘就不退了（本来光盘就不是作者的。可是要回底稿及图片到后来演变成"讨薪之路"，多少始料未及。七月十六日日记：给刘秋芬打电话，躲；给刘秋芬打手机，拖延。七月二十一日日记：小赵今给刘秋芬打电话，还是关机。）我想，她拿着盘能干什么呢。这十四个月的"劳民伤财"，付诸东流。把这个坏消息告诉小赵，他已有心理准备。

一两年来，这样的坏消息不止一件，浙江大学不了了之；河北教育出版社的拙编《蠹鱼重温录》到三校不也死了么；文化艺术出版社的帅克只是电话里商讨了几次选题，没有实际操作，无疾而终谈不上坏消息（六月二十九日日记：帅克毫无动静，再次石沉大海？当初还担心与谁谁谁冲突呢，太替他人考虑，亦复可笑）。"错误和挫折教育了我们，使我们变得比较聪明起来。"这是谁说得来着？放在这里挺合适。

《蠹鱼集》前史，到此结束，翻篇了。

网破鱼未死，后史续前缘。

前史后史之间还有一个小插曲。二〇〇五年秋陈子善来京，与赵国忠、柯卫东初次见面，我向陈子善进言，何不利用你的关系为哥儿几个出本书。我拿出的还是那条死鱼，柯卫东拟了个"旧书的随笔集"。十一月，书稿转到徐雁那里，徐正主编丛书"书林清话"，再后来就"泥牛入海无消息"了。

死鱼后来怎么复活的？小赵说他一点儿也想不起来，还是得查我的日记。

二〇〇六年五月二十三日，夜十一点，小赵电话，称姜寻要出一丛书，找到刘福春，刘找到他，他找了老柯，问我加盟么。

五月二十四日，小赵电话，称刘福春欲邀姜德明参加丛书。

五月二十五日，夜，小赵电话，去姜宅谈丛书事，姜竟答应加入，只是问了还有哪几个作者。小赵承办在姜宅拍书影等琐事。丛书名"煮雨山房书丛"，姜寻的工作室即名"煮雨山房"。下月十五号之前将书稿整理好。死灰复燃，又是与姜德明同一丛书，毕竟是好事，而且稿酬也有一定之保证。

五月三十一日，晚小赵电话。

六月三日，潘家园，中午加刘福春四个人吃饭，主聊丛书的设想，有可能杨成恺加入，定作者人选的是姜寻。

六月四日，小赵两度电话，姜德明是六十文六十图，刘福春的图片多来自他处，不像我们几个必须用自己的书自己的图，路数有异。

六月十一日，小赵电话，丛书有可能改中华书局出，那敢情好，求之不得。

七月一日，于琉璃厂众人大聚，问姜寻丛书事，称有可能交中华书局或北京古籍社。

七月五日，小赵电话，叫我下周交书稿。

七月二十二日，小赵讲他们三人的书稿都齐了。

七月二十三日，小赵电话，姜德明叫他周六去他家取书扫描。

七月二十四日，上午给姜德明电话，说起丛书事，问为何要那么多图。又说赵和刘打包票这丛书，我说不能十分保证。聊到扫描仪的方便之处。

七月二十六日，小赵电话，我的书稿可延至八月第一周交。

七月二十九日，小赵电话，他和刘福春去姜宅取了书稿和姜的藏书若干。小赵说姜的书稿要打印出来，所以我的书稿不必急着交。

八月九日，开始整理书稿，六十篇大约是有了，再配上百十幅图，也能应付了。

八月十九日，于潘家园将《蠹鱼集》书稿交给国忠。老柯的书稿也归他看。他说明年二月可出书，没准还提前至年底。未免乐观过甚。

八月二十四日，将《蠹鱼集》图片搞定。

八月二十五日，小赵电话，老柯出差，他的电脑坏了。

九月二日，于琉璃厂聚，将《蠹鱼集》图片交小赵。

九月十日，小赵电话，称我的书稿里有两文重复。

九月十三日，小赵自北戴河来电话，说书稿有可能转中华书局（？），转来转去最有可能黄菜。

九月十五日，去煮雨山房见姜寻，他说一定要设计好丛书。

九月十六日，于潘家园聚，小赵将姜德明书稿《金台小集》多打印出一份送我。并称刘福春的书稿已交。给姜寻打手机，称有事来不了。

九月二十二日，小赵电话，姜寻去上海，暂交不了稿拖到十月吧。

十月九日，小赵电话，聊写作，嫌自己写得不好，甚至对于出书都失去信心。

十月十五日，上午赴北图参加"姜寻艺术装帧作品展"开幕。姜寻讲这套丛书要作成精装带护封，小赵直呼"受用不起！"

十月二十一日，于潘家园聚。姜寻有事来不了。小赵讲刘福春那本已出来了，本来今天能看到书样子的。又说精装只印一小部分，大部分还是平装。

十月二十四日，小赵两度电话。五本书的封面已经设计出来，书名为繁体字，据刘福春讲很满意，比姜寻以前设计的书都要好。

十月二十六日，小赵电话，周六姜寻把书的封面带去，五个人的都作好了。并说我的稿录入了一半，别人都是盘，显得我特落伍。如此，年底有望？

十月二十八日，姜寻称全部作精装，印二千册。

十一月二日，将《蠹鱼集》后记发给小赵，他说写得好。南京某某居然在孔网骂我，被我查出化名背后的他（熟人），小赵与杨良志一观点，多出书乃最好的回击。

十一月二十二日，小赵电话称姜寻说今年的书号没有了。还不如直接说今年没戏。

十二月十二日，小赵电话，丛书又往前进了一步，《蠹鱼集》也录完了。

十二月十六日，小赵中午来电话，他去了潘家园，见到刘福春和姜寻。他书的照片有点小问题，姜老师书要补几张照片。五人书稿全部排完内文，下周可见校样。总算前进了一大步。

十二月十八日，小赵电话，去了姜寻工作室，看到了进行中的丛书，五个封面也看到了，夸好看，是繁体字。又谈了以书代酬的方案，我觉得三百本可以接受，二百本太少。事情有进展总是好的。

十二月二十三日日记有关丛书内容可见《搜书后记》。

二〇〇七年

这一年，丛书还是没能出来。自第一本书以来，每年都有至少一本新书出版，二〇〇七年却空白了，最有希望的《蠹鱼集》令人极度失望。新年伊始，我还料不到会是颗粒无收。

一月十三日，小赵讲丛书版式有调整。

二月十一日日记，详见《搜书后记》。校样是见到了，都不满意。晚柯卫东要去姜寻电话，不问个究竟他不踏实。我的稿子竟少七页。

三月二日，小赵晚上去姜宅取回校样。

四月十一日，给姜寻电话，称忙什么什么展会呢，有消息告诉我。

四月二十四日，上午姜寻电话，问我下午有事么，不及多想就说了没事。到了才知道是办诗刊展的事。

四月二十八日，小赵电话，又云丛书印五百套。没个准谱。

五月八日，小赵电话，称刘福春交稿了。

五月十二日，姜寻来电话，丛书仍在运作。

五月三十一日，小赵电话，昨天与刘福春去姜寻工作室，丛书进度是我那本弄完了，正在弄老柯那本。

六月五日，小赵电话，称姜寻讲抓紧出活，争取二校早点儿给到我们手上。信乎。

六月十日，小赵电话，劝我别回骂那家伙，他怕影响丛书的销路。这是怕的事吗。小赵讲丛书印五百套，盒装，统一一个价。我不抱大的希望。

六月二十二日，小赵电话，称他又催姜寻了。

七月三日，小赵短信称姜寻周六带校样到潘家园交给我们。

七月九日，晚小赵电话，姜寻只把刘福春的校样给了刘。

出版社还没定下来呢。

七月十四日，至潘家园，小赵讲我与他的书稿还没弄完。又扬言九月能出书。姑信之。

七月十八日，与止庵，徐峙立访方继孝书房，接姜寻电话，谈书稿事，《蠹鱼集》三百五十页太长，要减三十页。

七月二十一日，三人于潘家园聚，小赵将校样拿来，大略翻了一下，图片仍不理想。

七月二十二日，小赵来电话数次，都赶上我有事，至夜才得聊，他昨天给姜德明送去校样并长聊。

七月二十四日，小赵已将合同交姜寻，姜寻催校样，催是好事啊。

七月三十日，小赵电话，竟聊到夜一点多，达三小时之久。我的意见是文后应该标上写作日期，但是原发报刊不必标上。

八月四日，夜收小赵短信，称书稿有变。中午于潘家园聚，所谓"有变"，其实就是子虚乌有的中华书局改为紫禁城出版社了。在书号未定之前，一切仍在未定之天。这书出得够累的。

八月十七日，小赵夜来电话，明天去姜寻工作室交校样，又可能改广西师大了。爱哪哪吧，没出中国吧。

八月十八日，赵、刘、柯、我至姜寻工作室，姜寻却不在，只得把书稿留下待下周来盯着电脑校。

八月二十三日，小赵中午来电话，他和刘福春在姜寻工作室校稿呢。又称改作家出版社了。

八月二十六日，中午给小赵打电话，昨天他和老柯去姜寻那盯校稿，弄了一整天。称大致是作家社了（该社看过我们的稿子了），印四千册，姜寻自已印一千册精装的。

八月三十日，中午小赵电话，他成了"主催者"，称给姜寻电话，基本定作家社，姜寻自印五百本（套）精装。但愿今年能成。

九月八日，小赵的担挑得重病，他要跑医院，后天带队去北戴河，要我催姜寻抓紧书稿的事。

九月十一日，小赵自北戴河来电话，问我催姜寻了么。我给姜寻打电话，他说在作家社出，责编是王某某，已报选题。我说稿酬用书顶吧。姜寻说若销售不好，姜老师的稿费也悬。最后他说一定要把书作漂亮。

九月十五日，小赵电话，他催姜寻，要是都不着急，此事危哉。

九月二十日，小赵电话，丛书有可能转到祝晓风新世纪出版社。换吧，别黄了就成。

十月十五日，小赵来电话，爱人住了四天医院。丛书书稿又转移了，转到哪尚不知情。

十一月三日，于琉璃厂见到姜寻，称丛书又可能是北图出版社了，并无打退堂鼓之意。仍坚持部分精装，称出版社规定一书不能两定价。

十一月十五日，躺在床上接小赵电话，他又催姜寻，仍无新的进展。

十二月二十四日，上午小赵来电话，书稿在广西师大呢，姜寻要拿出前期的一笔钱来制作，事情似乎有转机。

秋去冬来，辛辛苦苦又一年。一年似乎是很长的一段时间，一年似乎可以办很多事，一年要吃一千顿的饭，出一本书一年却远远不够。

二〇〇八年

一月十二日，于海王邨见姜寻，他说已与广西师大签合同，装帧版式由姜作主，广社出二十一万，姜出七万，作者样书只能给五本，五个作者只给姜德明稿费。我这书出得有啥意义？小赵今很高兴，书终于有希望了。

一月二十六日，于潘家园聚，小赵讲合同已与广西师大签了。

二月二十日，晚姜寻电话聊一小时书装设计。

三月六日，晚姜寻电话，山东济南邀他讲书籍装帧，他拉我讲民国杂志，报酬三千元，只去一天。我不想去。

三月二十三日，于潘家园开会。姜寻说丛书下月将在河南交易会上发布书讯。又说济南讲座四月初。

四月二日，上午小赵电话谈书稿事。

四月七日，上午小赵电话，他收到书稿了。

四月十一日，胡同电话，大谈如何宣传我们这套书。

四月十二日，于潘家园聚。三个人的书稿第三校小赵都给带来了，图片还是那德性样，版式极丑。

四月十三日，小赵两度电话，谈书稿，我昨夜已看过一遍，抱定"差不离主义"。

四月十六日，与赵柯到姜寻工作室。姜寻称只能作一百本精装，无法再多，他剩下的一批布只够一百本（套）。这一百本是总印数之外的，不能跟出版社抢市场，图片不能全彩，只一两个印张是彩图。定价出版社给限制在二十六元以里。若全彩出版社前期须投入三十万，不可能。姜寻自己出七万作精装须先打款，不能含糊，现在的行市是印刷，纸张都不给你赊钱了。

四月二十四日，小赵电话，只有刘福春收到三校书稿。

五月五日，姜寻电话，已将三校样快递广西师大，争取六月出书。

五月十六日，小赵电话，称姜寻讲书稿已下厂。我不大相信。

五月三十一日，姜寻电话，称我的书稿又退回来，他工作室改了以后又快递回广师社了。又称六月必出书。

六月二十五日，小赵电话，称我和他姜德明的片子到北京了，核完后即寄回广师社。问题是，什么时候印出书来。

七月一日，小赵今去姜寻工作室，称只拿了两个片子去印了，谁的片，也不清楚。

七月二十一日，小赵电话，他听姜寻讲精装本和毛边本八月必出，其他的管不了了。

七月二十四日，小赵电话，称刘福春问姜寻了，答应八月出书，书先运到天津或河北，再去车取回北京。撞上了吧（注，奥运期间限制车辆进京）。

八月二十四日，小赵电话，姜寻说书早就印好了，精装所需布料也运广师社了。

八月二十六日，晚姜寻回电话，书已印，他请黄显功作了一枚藏书票（七千五百元）。

九月六日，止庵电话，他今晚与广师社的在一起，皆称不知道我们这套书。

九月九日，小赵电话，刘福春给姜寻电话，姜称十月见书。

九月十三日，于潘家园聚。给姜寻电话，他说二十七号书到北京，准备在图书大厦作首发签售。也许我没听清楚，也许又一不实之消息。

九月二十二日，小赵电话，称问了姜寻，平装和毛边早该到了，精装在北京作，那边作的话还需一万元太贵。又要拖到何时，此书慢且无酬。

三

"一条美丽的银蠹鱼从《水经注》里游出来。"这句的原典是王辛笛诗"一条美丽的红金鱼从《水经注》里游出来。"被台湾诗人王庆麟改用在《晒书》里，沙流河点评"小王改易老王两字，添上标题《晒书》，堪称点化，尤妙。"

我一直对"蠹鱼"两字有好感，所以就拿来用作集子的名字。

前面不厌其烦地抄了那么多日记，只是想说这书出得"不容易"。姜德明先生拿到赵国忠送去的样书，也说了一句"真费劲呀！"

八月，我胃大出血，住了一周医院。十月，我与插友王良模回到当年下乡插队之地库伦旗。就是那么寸，一直真真假假的"书出来了"的消息，正当十月十一日中午，我趴在大青沟的沟底，一汪泉水，极清澈，才喝了一口，手机响了，是姜寻从北京打来的，说书明天到。

站在沟底，站在泉水边，赶紧给小赵打电话让他明天赶紧去取书。

大青沟，沟深林密，曲曲折折二十几华里，近年辟为旅游景点，当年插队，我们常听说老乡们说起"大青沟"，其实离村子不甚远。情绪低落的插队岁月，想不到三十年后会在大青沟"到此一游"。白云悠悠，泉水淙淙，一本书的出与不出，早出与晚出，实在无法与吃不饱卖苦力的青春往一块拴。

十月十二日，回北京。在火车上接小赵电话，书已到手，每人五本毛边。到了北京在地铁里又接小赵电话，他给这书打七十分。

从全国最贫困县镇，一猛子扎回人如潮车如流的大城市，这本历经了五年的《蠹鱼集》，又将我扯回到现实生活。

一直想出本繁体字版的书
——《蠹鱼篇》

一

出了几本书之后，得陇望蜀，很向往出一本繁体字的书。现行的出版政策，好像只有古籍可以使用繁体字，其它书连封面使用繁体字都有较严格之规定。《创刊号剪影》封面侥幸用了繁体字，我特满意，也许美术字可以打擦边球。最接近出繁体字版的是《创刊号风景》，王燕来称有台湾出版社感兴趣欲洽谈版权事，此事后来无下文。几年后帮我完成繁体字版心愿的还是台湾朋友，他是吴兴文，我们的初面是韦力给安排的，地点是西直门外一个只有几张桌子的小饭铺，饭菜很朴素，我记得很清楚，韦力点的第一道菜是拌萝卜皮。

《蠹鱼集》愁云不展之时，吴兴文先生来电话对我说"今天见到《中国收藏》，我与你文章同期甚感荣幸。"接着说"你们这套丛书，我的朋友蔡登山可以帮忙在台湾出版，每种印三百册。"吴兴文说这番话的时候是二〇〇八年五月三十日。查了我的发稿记录，五月号《中国收藏》登我的文章叫《寻找逝去的记忆》，内容好像是回忆插队生活，提供的图片好像是插队日记和工分本。马未都就是看了拙文之后打来电话，称你也插过队呀。

六月二十日，吴兴文电话，称你们仨的书的内容靠色，只能一本一本出，先出我的，叫我把目录传给他，并称台湾的出版形势也不好。

七月十一日，吴兴文电话，称我的稿子够编两本书，每本定价二百五十台币。书稿要存到光盘，图片要加说明文字。他下月回台湾。时间够赶，只要电脑不出毛病就来得及。

接下来是奥运，我大病住院，返插队之地库伦，好几个月日记里没有这本书的记录。

吴兴文有多重身份，最为人知的是西洋藏书票收藏家，其次是台湾出版人。我仰慕吴先生很久，早在九十年代，我就从台湾的杂志上知道他和秦贤次于海王邨旧书铺收获大量新文学绝版书，吴兴文喜得"关祖章藏书票"，就算二十几年后说起，仍为那次奇遇感奋不已。吴兴文翻找的那几架子西洋书，我也曾许多次路过，因为同在一间大房子里。我对西洋书架里的东洋书偶尔也翻翻，日文书的装帧风格与吾国旧版书近似，日文里汉字占据半壁江山，看着亲切。我虽乱买书，但是对于日文书，再喜欢的装帧也诱惑不了我，书不像别的物品，只要好看不实用也可以买，书里的文字看不懂再漂亮的外表也是"徒有其表"。有那么一次，实在是喜欢日文书的书匣，就向仲金明师傅白要了一个，反正书离了书匣还是书。这位仲师傅就是看着吴兴文一本本翻西洋书似乎是在找什么而纳闷的当事人。一般的读者翻书总会在一本书上停留若干分钟，而翻藏书票比翻版权页还来得便当，翻一本只须十来秒，十几分钟下来就是一大排，这才引得仲师傅起疑。今年初见到仲师傅，没有想起求证他有没有这回事的印象了。

二

现在回忆为什么又起《蠹鱼篇》这个书名？说来话长，四十年代上海《古今》杂志出了丛书，没有几本，周佛海的《往矣集》再版十几次，我不着急得到，最想得的是《蠹鱼篇》，想念极了，差一点儿想疯了。这是我的"蠹鱼"情结的开始，后来我编《蠹鱼重温录》，几经周折，历经十来年，没出成，给我打击沉重。再有即刚刚的《蠹鱼集》仍旧困难重重，我对"蠹鱼"的一片情深，换回的只是挫败。我不甘心，第一次有机会出繁体字版书，还是想到"蠹鱼"，这是没出息的固执，也是苦于脑子里没词。

这本书是我第一次使用电子版，电脑邮箱，与海峡那边的台湾编辑联络全靠那台联想牌电脑了。电脑真是文字工作者的尖刀利矛，有些岁数还没老到学不会电脑的人还在拒绝电脑坚持"笔耕"，这当然是个人的选择，问题是你用笔写出来的依旧是空洞无物的文字。如果笔耕能与写好字同时进行——像周作人那样，这固然很好。遗憾的是，现在某些人的笔耕，并没有使我们看到更好的文章，也没有看到一手好字。

电脑邮箱里存着我第一封发出的邮件，写于二〇〇六年八月十四日，内容是："开博客的话"。第一封接收的邮件的时间是二〇〇六年七月十四日，内容是石家庄《藏书报》的书面采访。

我记得好像是先将书稿从邮箱传给了吴兴文的朋友蔡登山，蔡于台湾创办了秀威出版公司。二〇〇九年一月十四日邮箱里收到《蠹鱼篇》责编蓝志成的第一信。

谢老师，新年好：

谢老师您好，我是秀威编辑蓝志成，蔡登山老师已将您的大作《蠹鱼篇》，转交由我处理，按照公司规定，出版一校稿前，烦请您依下列步骤回复：

1. "作者基本数据表，简体"填妥后，直接 mail 回传即可。

2. "BOD 著作基本数据表"填妥后，直接 mail 回传即可。

3. "BOD 合约书，免费草约"与"BOD 合约书，免费草约（放弃版税换取赠书 50 本）"阅读之后，请老师选择一草约来对内容提供修改建议，并可用下列方式回复给我：

（1）打印之后传真给我。

（2）打印之后照相成图档回传 email 给我。

（3）直接回复 email 说同意或者有其它意见，请逐条标注清楚；email 的主旨请写"关于《蠹鱼篇》BOD 草约（有版税或无版税)相关意见"等字眼。

4."作者数据表附件"填妥后,直接 mail 回传,而身份证和账户复印件,可以传真或照相成图文件的方式给我。

秀威全体期待为老师您的大作尽一份心力,若您有书籍出版方面的问题,欢迎随时与我联络!

敬祝　大安

小蓝　敬上

我马上回复:"蓝先生,您好,您传过来的文件有三个打不开,只好回复其中的两个。有问题再联系。谢谢。谢其章"使用电脑也是个不断学习的过程。打不开的文件后来都能打开了,原因是电脑需要不断增添软件,这对于学习能力较差的我是件难事,一分钟搞定的事到我手里一天摸不着要领,干着急。蓝先生捎带校稿捎带教我电脑。另外,人家写信的格式与语气,很正规很客气,我远不及。

谢老师您好:

我寄给您的档案格式是 PDF 档格式,老师您可以上往下载 Acrobat Reader 安装,就可以开启档案。

由于排版不是用 Word 排版,若要转换成 Word 的话,仅会出现文字部分,图片无法呈现。所以希望您能使用 PDF 档来校对。

有麻烦到您的地方，还请您见谅。

祝　大安

蓝 2009.4.30

除了技术问题，还有其它问题要在邮件里沟通，譬如下面这信。

谢老师，您好：

老师您所提到的"一次性付酬"不知是何意，没别的意思，我怕双方的认知上会有落差，影响到往后合作的氛围，所以希望老师能告知。

感谢老师的协助。

在此先跟老师您拜个早年！

小蓝 2009.1.21

我马上回复："您好，本人于出版社打交道，很是头疼，此中苦衷一言难表，虽与贵社是首次合作，但过去受伤太多，留有后遗症，故不得不有话说在前头。一次性付酬，即书出版后即刻付酬，而稿酬多少由双方商定（按字数多少图片多少），商定之后即与此书的销售及再版没关系了，也称'一次性买断'。这仅是我的意见，仅供贵社考虑。春节已至，先给您及诸位拜年。谢其章"。

蓝先生很职业很敬业，迅速回复：

谢老师，您好：

要跟您说明一下，本社与大陆作者合作多年，合同已形成两种模式：一是要计算版税，二是作者放弃版税来换取 50 本赠书，老师您说的"一次性付酬（买断）"应该就是用 50 本赠书换取版税的意思，也就是说稿酬就是送给老师您的大作 50 本，不知本社这种形式的"稿酬"，老师您是否能接受。

春节将至，在此跟您拜个早年，祝老师新年快乐

小蓝 2009.1.23

最终，我接受了五十本样书条款。有人或许要问为什么不走版税，因为算下来版税所得，很大可能要低于五十本书的总值。还有一个原因，我认为既特想出繁体字书就不要把稿酬多少考虑在第一位，这是没得选的问题。前不久的《蠹鱼集》一分钱未得又该如何？

合作中也不是没有不谐之音，关于书名，我坚持横写，一向温顺的"小蓝"软中带硬的回复：

谢老师您好：

三校文件于附件。若无问题，我就要开始印制作业了。

另外封面由于版型的关系，书名一定要走直的，还请您见谅。

小蓝 2009.6.22

传统的繁体字版书内文直排，自右而左，右翻。这次我赶上的所谓繁体字版，是改良过的，惟繁体字不变。小蓝跟着上

信又来一邮件告知我这种改良,其实之前我对这几点的改变不大介意。

"另外由于老师您的大作蔡老师将之归于世纪映像书系,为了确保书系的一致性,内文编排将是以横排左翻来呈现。"

电脑写作,你不必为了出的书是繁体字写作时就用繁体,照常用你习惯的简体字,电脑上有个"简转繁""繁转简"的功能键会为你效劳。再神奇的机器也会出错,汉字有"一字多义"等等陷阱,你写的是"于先生",电脑会转成"於先生";你写的是"古人云",电脑可能转成"古人雲"。除了明显的陷阱,有些是两地理解的偏差,如"他慢慢地走着"在内地用"着",而台湾有可能就是"他慢慢地走著",两个都不错,可是"著作"写成"着作",海峡两岸都不会说对。

纯粹的繁体字书,如果你要较真的话,总会找出不纯粹的毛病。譬如数字和标点,以拙作为例,数字是汉字与阿拉伯数字混用,这就很成问题,触目皆是:"五十年之前"、"1948年11月"、"第二年的1月8日"、"提前了2個月"、"大16開本,200餘頁,民國三年八月十五日出創刊號"等等。怎么瞧怎么别扭。标点的别扭现象稍好,只有引号我们用的是新式的,他们还用老式的。

关于简体字改革,一直存在争论。好在科学的发展不受繁简之影响,简体字时代,飞船照样上天。一介草民,识繁用简,我以为只能如此。

三

《蠹鱼篇》是我第一本繁体字版的书，还是我篇幅最多的书，竟然舍得塞进四十几篇十五六万字，几乎倾当时之所有，现在一本书我最多给个二十来篇八九万字。

二〇〇九年七月十九日，星期天。全家至新壁街宁波宾馆吃饭，父亲的生日是七月二十三日，为了凑上班人的日子，所以提前过了。二十几年来年年如此。我挨着父亲坐，对他说我的新书《搜书后记》封面用的是曾祖手迹，这下子打开父亲往事的闸门，整桌饭一直是他在跟我滔滔忆旧，什么几代老辈曾祖的字最好；爷爷作过段琪瑞的什么小部下；三伯伯是潘序沦新会计法的追随者，好赌，输了钱回宁波挨爷爷耳光；什么大姑妈在爷爷死后的床下发现一袋子银元交给三伯伯，三伯伯用这钱修了祖坟，什么三伯伯留守宁波有功云云。

吃完饭已是二点钟，手机响，送快递的，我问是什么，他说是一箱子书很沉很重，我想是《蠹鱼篇》到了，叫他放在传达室保安那里。

赶回小区，保安的桌上端放一大纸箱，只是一层纸板，五十本书安然无恙，越过海峡，越过大好河山，抵达我家。

封面不令我满意，简直大失望，大片空白而非留白，七零八落的书影像一堆乱砖头。台湾的装帧，何至于此，还是让我赶上了一个小概率？不是小概率呀，我的第二本繁体字书也是秀威出的，那三张图片搭配得我无言以对，两本书，百分百概率，要是玩奖券就发大财了。台湾以前的邮票多漂亮啊，可惜与内地邮票踩着一个步点，堕落得令人发指。

五十本书，单价三百四十台币，合人民币一百多，送人是送不起的，但几位最密切的书友不能不送，姜德明先生也是必须送的。剩下四十来本，我想换成相当于稿费的钱，最终拜托一位年轻书友，顺顺利利地售出。

做个蠹鱼太沉迷
——《书蠹艳异录》

一

接连三本蠹鱼之书，读者终于发言了。有位书友在网络撰文《当个书蠹，太容易沉迷》，系统地评论"蠹鱼三编"，说了很多中听的话。网络发达，读者对作者的意见有了最直接的表达平台，我很喜欢躲在一旁，看人家使劲儿地夸我，或使劲儿地骂我。对于表扬我一般不回应，对于谩骂我是有选择地回击。我曾经说过，回击对方最好的方式是把球踢进对方的球门。骂与回骂，给我一经验，你出书越多骂你的人（包括朋友）也越多。幸好给我出书的编辑不以我的"好战"为意，一本一本地给我出。

二〇〇八年九月十一日，杨小洲来电话，称中华书局选题已正式通过，我的书名即《书蠹艳异录》。还说过几天与编辑聚谈。

这之前，好像是二〇〇七年，那时我还不认识杨小洲，他在长沙，有一天打来电话，想给我出一本谈杂志"专号"的书，我很冷淡地说等有机会在北京见面再谈。我对与陌生人打交道很恐惧，加上语气缺少起码的客套，所以招来"老谢不好接近"的普遍印象，北京土话形容我这样的人为"整脸子"。二〇〇八年夏，《中华读书报》召开作者座谈，一堆熟悉的名字却没一个认得，很窘的场合，这时杨小洲进来，我赶紧让座在旁边，其实这是我俩的初面，却一见如故。小洲不怵这样的场面，谈笑自若，不喜欢他人的观点，直接反驳，给我解了大围。当天我的日记有这样的话"若无杨小洲在侧，吾大窘。"这以后电话就多了起来，小洲也愿意加入我们的潘家园淘书小组，多数的时候不是一起淘书而是一起吃饭。

二〇〇八年八月，天热，加上北京奥运，更热。止庵告诉我小洲在岳麓社策划一套书，两岸三地，北京有他和我和小洲，台湾傅月庵，香港是梁文道。据称要搞精装本。

八月十二日夜，大病临头，大冒虚汗，小洲此时打进电话，称书稿问题不大。十三日入急诊，挽回一条小命，若非医生当即立断，什么《书蠹艳异录》什么《搜书后记》，统统无从谈起。出院复查时，看到救我一命的女医生骑着自行车，车后绑着一个小座椅，我才知道她是位年轻的妈妈。

八月二十二日出院。联系杨小洲，说明我的情况，中华书局的合同下周交。

八月二十五日，杨小洲电话，书名及细目已报中华书局，对方称可以，若卖得好，《搜书后记》也可以由中华书局出。

九月十八日，小洲发来中华书局合同，约明天三联书店见面详谈。

九月十九日，在三联书店聚齐各位，中华书局李世文乃初面，他上网，所以对我网络言行一清二楚。饭桌上书稿事只谈了两三句，似乎已板上钉钉。

九月二十二日，李世文电话，要送几本书局新书给我。

一想起居然能够在中华书局出书，心潮并未澎湃。一九四五年我的父母在重庆中华书局相识，一九四六年回到上海接收中华书局。中华书局于他们的生命里何等重要。可是在中华书局百年庆典的员工花名册里却找不到父母的名字。我问过李世文，他说前面的档案缺失严重。前几年父亲将一九四六自重庆返沪的日记给我保存，日记共二十天，现全录如下。

一九四六年二月二十一日由渝去沪"途中日记"。记止三月十二日，三月十四日晚抵达上海。

二月二十一日（渝至广元六百二十五公里）

早晨四时半在李子坝编辑所起床，五时半动身，同刘、周、张三君至汽车站。七时五十分汽车始由渝站开出。中途累次耽搁，至铜梁县属西泉已十二时，即停车吃午饭。午后一时许开车，因车内座椅损坏及行李等事停车达四五次之多，至晚七时许始到遂宁，宿川陕路局招待所。渝至遂宁二百二十六公里。

二月二十二日

早晨七时许由遂宁开车,中午在三台午饭,饭后开车。下午六时抵梓潼。今天开车尚称顺利,一路很少耽搁。

二月二十三日

早晨七时许由梓潼开车,中午至剑阁。下午一时由剑阁经剑门关至广元已下午五时。住青年会招待所。

二月二十四日

在广元候车,早上七时许至车站登记,下午二时换票定二十五日晨开车。我们买到一至五号车票。三时许在广元城中逛街,并拍电至渝总处,及写信给二哥和飞卿。

二月二十五日

早晨由广元开车,车子很好,至中午十二时至宁强(羌)午饭。今天第一天进入陕西省境,天气转冷,风沙很大,幸亏我们车票买到顶好的座位,所以还觉得舒服。下午四时半抵达褒城。广元至宝鸡四百四十六里。

二月二十六日

早晨六时三刻由褒城开车,上午十时在庙台子午餐,饭后开车。经秦岭时雪花纷飞,马路上积雪三四寸之深,天气寒冷,一如严冬。下午四时半抵宝鸡,天下雨,至城中华洋旅社住宿。

二月二十七日

早晨天气寒冷,昨晚降雪,四面银色世界,数年来未见有此大雪,虽觉衣单较寒,然精神颇为兴奋。中午在宝鸡午餐,午后至车站,因宝洛公路损坏,故我们决定先去西安候车,下午三时由宝开车,此系湘桂撤退以来,首次乘坐火车,回想往昔感慨系之。晚十一时抵西安,住济南旅馆。今日上午并致函二哥,飞卿。

二月二十八日

早晨起来,先去火车站问讯,西安车站建筑宏伟,雕栋画梁,可说是我到过第一个好的车站。九时许至西安分局,由王经理招待我们吃早点,吃得很饱,连中饭都吃不下。下午至有名的碑林游览,见怀仁集圣教序碑及道因法师碑及颜柳晋魏法帖。我购一本怀素千字文,预备携家送给大哥。晚在分局用点心,即在分局住宿。

三月一日

今天本拟往华清池游玩,因天下雨,不能成行,终日在西安分局坐着谈笑。下午写信给二哥,六弟,飞卿,序星诸人,并给张主任一函。晚仍住分局内。

三月二日

早晨天阴,我们五人起身即去车站,想到华清池一游。而到车站已上午八时余点,火车则改在七时半往临潼,大扫我们的游兴。于是决定今天下午乘长陕特快车离西安,我即乘车到中国旅行社买票,叫分局同人代我们过行李,下午二时火车渐渐驶离长安了。

三月三日

昨晚一晚坐在火车上打瞌睡,我们买二等票而坐的是三等车。本来晨四时即可抵陕川,可是误了点,一直到中午十二时才到陕川。陕川经战争洗劫,荒凉不堪,可是又是火车终点和汽车联运起点,所以旅客拥挤非常,找旅馆特别困难。我们将行李暂在中国旅行社放下,晚上即在那里打地铺。因前几天下雨,汽车站有七八天未开出汽车,今天登记了五百多人,明天站长说不登记了。我们五人经商议后,决搭黄鱼车走,后经同行锺先生接洽每人票价一万七千五百元,定明晨开车,是十轮大卡车。

三月四日

早晨起床,即至涧河桥东岸里许等候汽车,车开行后一小时尚称顺利。此后沿途积雪未消有厚至二尺许,公路泥泞堆积达一尺多高,行车困难,我们在车上坡时全部下车步行,直至下坡再上车,如此者四五次。而行在观音堂附近汽车让马车路,几至车身侧入路中,几至翻车。晚上住在渑池,离陕川只有七十五公里。

三月五日

我们于五时半起床,可是汽车到十时多才开行,一路因汽油缺乏兼马路泥泞如昨,一再耽搁,至天黑时行经将达谷水二里许路,汽油突告缺乏,只好停车。当此前后并无村庄,冷风凛人,真叫人伤脑筋。幸亏司机情急智生,将汽油空桶倒覆,取得少许汽油,继续前进,油用完时已抵谷水镇,离洛阳二十五华里。晚住在老百姓家中窑洞内。

三月六日

汽车带我们到谷水，算是任务告终，我们只得另想办法到洛阳。雇了一辆四马大车装运行李，我、周、钱、刘诸君分乘驴子四匹，十一时抵洛阳。陕川至洛阳一百五十五公里，路程足足走了两天半，才告完成，和重庆至广元六百二十五公里也不过走三天路程，真是有天壤之别了。今天住宿洛都旅馆，该馆清洁整齐，堪称洛阳第一家。下午购票至开封，火车站上拥挤异常，我们买到三等票，七日上午八时开车去汴。

三月七日

今天早晨五时起身，即到洛东车站。车站拥挤不堪，秩序大乱，我们好容易才过磅行李，挤上车厢。车上挤进去就不能出来，连小便都被制止。下午三时半火车行经离汜水十公里处，突然吊（掉）道，当时全车人心惶惶，纷纷下车走往汜水。我本来主张静候救济车来救，后来被同行锺君催促也决定走了。一连过了五个山洞，迎着寒风足足走了两个钟头，才到汜水站，大吃了几个烧饼。到晚上九时车子救济出来开至汜水，可是上面挤满了人，我们跑来跑去终是不能上车，虽尽力向站长交涉，也告无效，不得已投宿在德盛旅馆地上冻了一晚。

三月八日

早晨大雪纷飞，我们到站上去，刚巧有煤车开郑州，我们就跳在煤车上，淋着大雪，寒冷非凡，想起湘桂线上逃难竟有过之而无不及。下午一时到达郑州，吃饭后本拟即搭车赴汴取行李，因为大家精神都很累决定在郑住宿一晚，在九州旅舍下榻。

三月九日

早晨三时半起床，至车站，五时开车，十时抵达开封，即过城至开封分局。瞿经理去渝，由徐会计、许局杨经理招待午饭，并代找中南旅社，招待颇殷勤。晚写信给飞卿。

三月十日

今日上午由许局杨经理陪同往游龙亭，本拟去禹王殿，因天冷作罢。晚上由杨经理徐会计请吃饭，并看河南戏。

三月十一日

早晨由分局乘车至车站上车，杨、徐俱来送行。晚八时抵徐州，宿新光书店，由曹经理招待晚饭。

三月十二日

早晨离徐，因为我们车票只能买到蚌埠，所以中途没有座位，反而补票罚一倍。下午五时半抵浦口，趁渡轮至南京下关，已晚七时半矣。

日记结束在南京，父亲的另一段自述中有云，他提议在南京休整两天，购置新装，衣着整齐进入大上海。

抄日记时我一一核对"途中日记"经过的地名，使用的是一九四七年出版的分省地图。中华书局于各地设有分局，日记中"许局杨经理"，很有可能为许昌分局的杨经理。"飞卿"是我母亲。

前几天去父亲家，将打印的"途中日记"给了他一份。父亲很兴奋，他本来记忆力就特好，马上看出我抄写时的人名地名之误，一一标示出来。我问他同行中的"刘"是否即"刘国宏"，父亲说是呀，这就对上了，这个"刘国宏"我从小就听父亲常常说起，故印象颇深。巧得是前二十几天刘国宏打电话给父亲，我就在旁边，当时我还没抄"途中日记"呢。父亲拿出一摞刘国宏近年给他的信，我说拿几封回去。也是很巧，其中一封写于二〇一二年的信，正巧提到了六十几年前的"川陕豫沪"之行，"昨日在电话中听到你的声音，这亲切的声音从重庆，后来到上海，到了北京，特别是在川陕豫沪一路上留下的话语，记忆犹新，音犹在耳。一路上你和钱炳寰的左右之争，对于我都是颇为赞佩的。在李子坝中华印刷厂里有思想先进的工人，每天都有免费的《新华日报》可看。"

我感叹父一辈七十年的深情厚谊，说了一句"若得七十年之友情，须早相识，活得久。"父亲今年九十三，刘国宏九十。刘国宏早父亲三年进中华书局。祝两位老人家健康高寿，友谊天长地久。

二

关于这本书的写法，我有个想法，过去的十来本书，着眼点多在"收藏"上面，这回要改变一下。虽然还是脱不干净"收藏的味道"，但起码披上一件"文化随笔"的外衣吧。读者也许不认可你的悄然转变，这没关系，你自己得清楚已到了非改变不可的时候了。

有一位报纸编辑曾提醒我"要多写人物"，这话是针对小文里经常流露的"这本旧书如何如何珍贵，如何如何得之不易"的情绪而言。她还说读者最关心的是人物的命运或人物的故事，而不是"天下只有你有"的一本所谓珍本，你自我陶醉得瑟个没完没了。

其实我的书里，从不缺少人物，只是我不善于给人物编故事，编得好像你跟人家特熟似的。我也不是不会写人物，但是前提是这个人物得是我很熟悉的人，不认识的人写起来总觉得隔靴搔痒。张爱玲说过，不写自己不熟悉的事情。

曾经总结一条，中国的作家写人物，凡是骂人的那一定是真骂；凡是夸人的不一定是真夸。

本书分"第一分""第二分"，其实就是"第一卷""第二卷"之意。一九五一年，谢兴尧先生赠我父亲《太平天国史事别录》（第壹分），这是谢兴尧编著的书，由隆福寺修绠堂出版经销。父亲把这书送给我，我奇怪"第壹分"啥意思，后来便知道了是啥意思。父亲当年对于明史研究是下了大力气的，专门制有卡片箱，相关书籍很是买了不老少，结果一事无成。从父亲那里我接受了一个教训，如果你非专业研究者，最好别拉开作大学问的架势。

"第一分"写到的人物，张爱玲、唐弢、邵洵美、朱省斋、金性尧、鲁迅、梁得所、何挹彭、叶灵凤。我只跟金性尧有过来往,所谓来往,也不过是我给老先生去过一信,老先生回信,我再写信,老先生寄送一本书。作为这些人物的读者,我干的事,不过是从旧书刊里找到他们的旧闻旧事,再返回到旧书刊里抖落抖落,试图钩索出一些有趣的关联,偶有发现,手舞之足蹈之,正如某坏人所讥"乞丐耍宝",孰不知,这正是我的小趣味所在,渺小,却足以悦己。无数小的趣味构成人生的总量。

上面这九位,何挹彭我不写的话,还真就是没人写过这位三四十年代游走北平书肆的藏书家,这不必谦虚,单就《北平何挹彭藏书记》这一篇,即对得起本书的二十七元定价。我不写何挹彭的话,老何恐怕就淹没在庸庸碌碌的人海之中了,一大段书业掌故轶闻再也无人串得起来。后来者也许更聪明更能干,可是他们对何挹彭之流不感兴趣呀,他们宁肯去嚼被嚼了一万遍的鲁迅,去重复被重复了一万遍的张爱玲。

"第二分"有三篇是谈古旧书拍卖的,很可能绝大多数读者于此乏兴趣,父亲用"呵呵"表示轻蔑。我只能说他们不想多知道一点他们本不熟悉的事物,增广见闻,有啥坏处?有一次与父亲理论,我说您根本不知道我在写什么,凭藉着什么一本一本地出书。我所写人物和事情的时代正是父亲经历过的时代,他却茫然无知。后来我明白了,有一种人读书是多数人看什么书他就看什么书,另一种人是自己找书来读。我读书不多,却养成了一个坏毛病,偏不"给什么吃什么",偏要"给什么一定不吃什么"。

《我的青春阅读史》的写法,有点像札记,想到哪儿就写到哪儿,不求连贯,只怕丢了第一感觉。止庵的母亲火眼金睛,称这篇有点儿乱。我没有驾驭长文的能力,这么写就是个偷懒的办法,可取的一点是,此文是我自己心甘情愿写的,不是命题,亦非约稿,十足真情实感,无一字虚情假意。如《虹南作战史》,现在还有谁读这烂书么,四十几年前"青海岁月,帐篷里读这书,帐外呼呼的荒原之风,每个夜晚作完工,将歇时分,这书成了每天的盼头。"

《红旗谱》描写冯家大院的那一大段,"是一座古老的宅院,村乡里传说,冯家是明朝手里发家的财主,这座宅院也是在明朝时代用又大又厚的古砖修建起来……"很传神的文笔,这样的农村古建筑,怕不多见了。我认为,《红旗谱》里的地主冯兰池和《暴风骤雨》里的地主韩老六,是小说家笔下最出彩的两大地主,小说改编成电影,上了银幕,冯韩两大财主照样光彩夺目。刘季云(一九一〇——九七一)的韩老六,葛存壮(一九二九—)的冯兰池,的确演得好,还有一个演员李景波(一九一三——一九八一),如他来演也错不了。写到这,顺手在电脑上调出电影《红旗谱》,一边敲字,一边听台词,朱老忠挂在嘴边的话"出水才见两腿泥!""谁也挡不住咱们活下去!"真是好言语。

《老树阅人多》,我自以为写得不赖,止庵也说好。最后那段,"写完此文之后,突然有机会回到离开了三十多年的插队之地。匆匆上路,三十多个小时之后我真真地回到了村子里,我打听到那遛粪时歇息的坟圈子还在,村民给我指路。啊,那一片遮天蔽日的大树还在,我和插友良模兄穿过收割后的庄稼地,来到坟圈子,荒草萋萋,树声飒飒,我不是来凭吊孤坟野鬼,我是伤心我的青春。"读一遍感动一遍,感谢李世文,他没忘了将照片放进书里。照片说明"这张照片是我二〇〇八年秋天回到离别了三十二年的插队的村子,特地找寻到本文中提到的那个溜粪的坟圈子拍的,也许是我生活中最有意义的照片了。"

后来我将此次回乡之旅写成《还乡记》,交给《温故》杂志,编辑说看过那么多知青回忆文章,你这篇的怀旧情味与他们都不一样。

三

与我的那几本历经坎坷的书来比较,《书蠹艳异录》真要算顺顺利利的,似乎没咋费神费劲,也许是人多势众之故,这一套丛书,作者还有杨小洲,王稼句,陈子善,止庵,胡洪侠诸位,均为大能量之辈,我跟着沾光。书作成精装,开本是小三十二开,所以也称"小精装",小精装,小精装,从此叫响且流行开来。

二〇〇九年九月三十日,李世文电话说书出来了,我赶紧打车去六里桥中华书局,这条街多少年前骑雅马哈来过多趟,中国书店期刊门市在此,这会子倒认不大出来。小精装作得很漂亮，尽善尽美还够不上，我这本的图片黑白彩色混搭，是一大败笔，与《漫画漫话》犯同一毛病，当然编辑会说成本所限，可我还是觉得，如今的读者不差这几块钱。

毕竟是老牌子书局，销路不愁，这套小精装搁小出版社的话，三千未准卖得完，而中华五千册的首印，三个月就卖得个差不离，旋即二印。两印加起来八千册，作者当然高兴，额外多得一份稿费。对于我来说，多得稿费便可以多买书，尤其是平日里舍不得买的旧书。

所谓多得，也真是叫富人家笑话了，一印得八千六百九十元，扣去那个不公平的税一千零五十九元，到手只有七千六百三十五。关于这个"不公平的税"，文人们呼吁多少年了，势微言轻，不起一丁点儿效果。二印得五千零九十九元，分两次给的，未到起征数，好像没扣税，出版社也不容易呀。想起电影《青春之歌》里魏三大伯向余永泽借盘缠未果，说的一句"你们也有难处，那就算了吧。"

十月三十一日，中华书局为小精装举办了盛大的研讨会，媒体来了十几家呢。

继《搜书记》之后，《书蠹艳异录》排在我送书记录第二位，而且离离拉拉至前几个月还在送人呢。其中有几本送得比较特别，来家修电脑的小伙子一边修一边管我叫"老先生"，老先生一高兴就送了一本给他，也不知道他看不看。女儿的大学同学，我也送出几本，仍是不知道她们看不看。一起下乡插队的杨民，很早的时候就劝我用电脑，还说收那么多书干么，一张盘全装进去了。杨民属于心灵手巧一类人，在农村的时候，某晚，很晚很晚了，天特黑，我俩赶着牛车拉着柴禾艰难地往回走，杨民告诉我天上哪个是七勺星，哪个是北斗星。送他这本书后老久，未得一句评语。

还有一位插友叫田筱森，是女生，同校不同班。她是一起插队的女生中最能干的，可惜早早就在农村嫁了人，所以回城比我们晚了二十几年。虽然晚，由于能干，如今混得不比我们差多少。田筱森与插队之地的老乡仍旧有着密切的联系。那年她招集知青聚会，我送她这本书和《还乡记》打印稿，她的女儿看过《还乡记》后问："谢叔叔他们为啥打咱家的狗呀？"

书出两月后，李世文来电话，说要加印，问有什么需要改的，我说把"后记"里的"节省一分钱"改为"节省五分钱"，因为前面"超过三站就得买六分的票"应为"得买一毛钱的票"。聊天中李世文向我透露，他送给黄裳这七本小精装，黄裳还真全读了，还说"有三本提到了不佞。"又特别提到我这本"有一段涉及他（黄裳）的题跋，断句没断对。"不知要等多少年，那本有"黄批"的《书蠹艳异录》会流散出来。

书情缘未了
——《搜书后记》

一

二〇〇八年十月自库伦旗回来,征尘未洗,一档子事连一档子事,接踵而来,有好事也有不愉快的事。不好的事提它干吗,影响情绪。好事,当然是指出书了,见了几家出版社的编辑,只谈成了一家,如果全谈成了倒麻烦了——写不过来,存文无多。第一档子事,当代中国出版社的一位姓柯的女编辑,北大中文系毕业,打来电话。她买了我的《搜书记》,有些想法。她雅好买书,喜欢书肆旧闻,淘书掌故等等我觉得不该是女性喜欢的这方面。她不是请我写书,而是想编一本关于潘家园旧书摊的书,我答应帮她约一些稿子。

第二档子事是杨小洲找来的,出一套小规模的丛书,先出他,我,止庵三本,我说再少一个人的话就称不得"丛书"了。止庵劝我好好的写一本书,不要老是集报刊上发表过的文章。

第三档子也是小洲传达的意向,世纪文景相中了我二十年前的旧编《蠹鱼重温录》。此事又勾起遥远的回忆，九十年代初与四川龚明德先生书信往来，他念我处境可怜，老是惦记帮我一把，就给我出了一个利用民国杂志来编书的主意。书名《蠹鱼重温录》是我起的，这是我"蠹鱼"情结最初的萌动，"重温"的意思很明白。折腾一遍够，龚明德也尽了全力，这书最终未能出成，假如出成的话，《出书记》的历史要提前若干年。后来的二十几年，不断有编辑对"重温录"感兴趣，世纪文景是最后一家。

第四档子，是不是杨小洲联系的，如今记不大清了。在三联书店的咖啡座，也是位女编辑，凤凰出版社的，我，止庵，小洲。初次谈就谈得非常具体，书的样子，书的内容，作者有谁，签合同，十二月底交稿等等。这以后又通过几次电话，合同签了，书稿也寄过去了。几个月后称没戏了。止庵知道我在写出书记，他说你别只写出成了的书，没出成的书也应该写上几笔。

这期间并不全是书情书事，还乡后遗症，一直延续到这一年的年底。联络到失联多年的插友，共同之话题就是忆旧，并非只是长吁短叹，每个人都供献了细节。比如王静学，刚下乡未分在一个生产队，他分在上勿兰，离我们村十里多地，平日里也有走动。后来知青并点，一块并到下勿兰，朝夕相处一年多。才返城的时候来往挺密，慢慢各自成了家，便各忙各的了，一晃二十多年不通音问。这回的联系也没见上面，只是在电话里聊。王兄干庄稼活儿，绝对是把好手，一点儿不输给农民，加之胆大心狠，在广阔天地里如鱼得水。我问他库伦三家子一带的历史，他居然说出一大串闻所未闻的：在北坨子他见过明代的墓穴，人骨，陶罐，甚至还有一个指甲盖大小的官印。我没问他这些东西的下落，但是我相信他的话，王静学曾和老乡半夜挖什么玛瑙，好悬扣在地道里。他说扣河子、六家子一带他都去访过古，据传匈奴时此地就有人类居住，上勿兰最繁盛时期还有过城墙呢，如今野草凄凄埋没了。我问他下勿兰的坟圈子，他说看青时去过，还在那抽烟呢。

远古之幽思，大概就是这种情绪吧。

刘禹锡诗云："山围故国周遭在，潮打空城寂寞回。淮水东边旧时月，夜深还过女墙来。"写的是曾经繁华的都市，而我们插队之地，北面是沙丘，南面是黑土地，村落好像是分界线。什么样的古诗才能描写那里无垠的荒漠，深邃的沟崖，还有一两个孤寂的赶夜路的知青。

十二月二十五日，杨小洲电话，与岳麓社谈妥了，人家点名要《搜书后记》。

二〇〇九年一月九日，在东四的娃哈哈食府与岳麓社的负责人吃饭。边吃边谈，谈定了，二月底交稿，时间紧了点儿。

二

用电脑作文之后，日记还是手写。如果日记也是电脑记的话，这本书就省事了，直接从邮箱发给编辑就成了。现在要将日记一字一字敲进电脑里，原以为不是什么难事，但真地敲起来才知道险些为此献出了健康。用电脑抄日记与用电脑写东西有一处不同，写东西姿势比较随意，心情也比较放松；抄东西则老是一个姿势，时间稍久这脖子就受不了。此回《搜书后记》连续不停地抄了四十天，脖子逐渐发梗，是不是颈椎出了毛病，很担心。几十年来我都是"高枕无忧"式的，这回不行了，把枕头的高度降了一多半，最严重之时，翻身都困难。幸好这时候四年的日记抄完了，以一日十篇计，大约抄了四百八十篇。

抄完之日，赶紧给自己放假，逃离电脑，到颐和园玩了一天。昆明湖水初融，十几只鸳鸯在岸边游来游去，把煎饼撕一块块的喂它们，忽然想起王国维自尽在此湖，距今八十二年矣。遗书所云"五十之年，只欠一死。经此世变，义无再辱。"仍乃未解之谜。颐和园表面娇好，实是处处创疤，游嬉之余，可供凭吊。

此书不比上书，时间隔得不久，有些事记忆犹新，用不大着"补注"来帮衬。有些事我另有"博客"记之，却不妨充当"补注"。博客使句落字肆无忌惮，语法和标点都不讲究（我希望编辑莫做加工，以存其原生态，没标点的也甭去断句）。博客未见起到"补注"的作用，但没有它未免单调，以往殚搜穷索的心境在本册即有了双重的表现面。此书之格式仍依《搜书记》"日记＋补注＋图片"的样式，稍有不同的是补注分成两小块，多了博客这个新文化元素。这样的格式即"日记+（补注或博客）+图片"。

《搜书记》图片是照相机拍的，《搜书后记》图片大部分是扫描件。图片尽可能选一九四九年之前的书刊，虽然四九后的图书也有千辛万苦而不可得者。图片不可能一一对应日记，毕竟日记不同于书话，大致对应即可。加入几张不是书的图片，目的还是为了使本书的气氛活泼些，几百天的日记只记一种事情；受不了的。同样的理由，有些日记与买书读书毫无关系，为什么也抄进来，我想表明一个想法，生活里可以没有买书这事，买书却离不开生活。我们这种人为了书付出了太多，虽然也得到过快乐，然而随之而来的苦恼却不为外人所知。我周围的很多人，他们没有买书的嗜好，活得却比我开心得多敞亮得多。能给生活带来快乐的事物数不胜数，我只得说，在没有找到更适合自己性情的事情之前，目前还只能做买书这件事。还有一个原因，有的事现在才想起来做，时间上有些不赶趟了。

一九九七年十月五日，谷林致函陆灏，内云"弟足力尚能于轻风丽日之间往返韬奋中心一趟，然窃恐见猎心喜，不自克制，重又挟持而归，而蜗居湫隘，壁角床头，已无隙以容之也，故每趑趄而止。夜睡稍差，每至凌晨二三时醒来，不复能成寐，左臂略感酸痛，似无甚干系，他无所苦。"我看到这里，仿佛看到不远之处的自己，"日月逝矣，岁不我与。"

谷林信中这段老境忆少时，读来尤感人世苦短，光阴迫人。

"倒是想起昔年看《家》那部小说的往事来，夜间把煤油灯移至帐内，看了一整夜，翌朝母亲擦灯罩，责怪如何一夕便化掉那么多的灯油。现在白日坐窗前犹嫌书重字小，怎能对付灯昏眼花。"

梁文道在《开卷八分钟》里以《买书多过读书的书痴》为题，介绍《搜书记》。"买书多过读书"本来是自我反省，现在轮到续集的"小引"，还不是积习不改么——"买书依旧多过读书"。买书与读书，本不存在谁多谁少的矛盾，买得多必然读得也多，买得少却读得多，除非此人常去图书馆看书，或者傍着阔朋友富藏书，可以天天借书来看。有位书友评论我的淘买书，"总有穷措大的味道。"孜孜地买书，孜孜地读书，别管那么多说东道西。

三

这一年的九月底，《书蠹艳异录》出了，一个月后《搜书后记》出了。小洲在初冬的晚上告诉我样书来了，先睹为快，必须的。我乘车绕了小半圈三环，在方庄过街天桥下面，从小洲手里接过新书。俩人交谈了几句，北京之夜，不是凉而是冷，我赶紧回家。在车上借着路灯的光亮，欣喜地翻着自己的新书，很满意，也很满足。

这书是我第二本精装的书，大三十二开，版式沿用了《搜书记》的"上图下文"式样。图文书一般来说，不大容易作到"兼顾各方"，顾此失彼的时候为多，"上图下文"比较好的解决了这个矛盾。清末民初，颇有一些个唐诗三百首、千家诗、三国水浒等石印绘图小册子，采用"上图下文"式，无意中也起到看图识字的效力。

封面的样子，小洲止庵我们仨讨论了好几稿，中间起了激烈的争论，最终定下现在的样子。书名题字乃小洲之书法，封面背景他俩用的是名家手迹，我这本则是曾祖的手迹，别有一番意义。

新书的喜悦，只是一段很短的时间，继之而来的是意料之中的友好的轻微责怪，更有万没料想的攻讦。出了几本书，批评之声在所难免，但是像这样如此猛烈的抨击，于我倒是第一次碰到。过去了这些年，旧事重提，稍嫌小器。这位攻击我的读者，是个二十多岁的年轻人，这书出来不久的一次文化沙龙，他拿着这书请我签名，我看他的名字是"矣"，还开了个"可以休矣"的玩笑。正是这位"矣先生"，在某网站率先发难，使用了"极其粗陋""不合格产品"等字眼来贬损我的新书，最后居然还仿社论的口吻警告鄙人"自掘坟墓，自断财路"。

我对于"矣先生"的批评，并非全盘不能接受，他确实挑出了许多"文盲都能看得出来的错字"，但也不能据此大作文章吧。我并非拿周作人来压现在的毛头小子，只是想一起重温周作人关于错别字的高见。

"在中国读白字写白字,本来不算什么,因为汉字实在是难,错误是情有可原的,只是有一个条件,不要于事理有妨。"(《写白字》)

"大抵书报上的误字可以分作两种,其一是错得讲不通的,其二是错得讲得通的。"(《讲得通的误字》)

"印书有错字本已不好,不过错得不通却还无妨,至多无非令人不懂罢了,倘若错得有意思可讲,那更是要不得。"(《谈错字》)

此役断续打了不短的时间,如今写到这里,旧事重提,想必"矣先生"不再会买我的书,由得我一个人自说自话,片面之词即使可信,也嫌小器,这些年了还记恨?

和风细雨的不满意,很不老少。只有史航一个人,称"对日记体有偏爱。"空谷足音,跫然滋喜。我自己不是没有思考,最后得出一条,"如鱼饮水,冷暖自知",尤其像我这样自创的"三结合"日记体,难以接受的读者占多数。忽然想到,若是将此书请谷林先生给看看,请他说好说歹,该有多好。

非议充耳,却不耽误这书的售卖,毛边本卖得尤其好,三个人三本捆在一起,签上名,编上号,一百五十套一售(拍卖)而空。

印数是六千册。稿费给得奇快,十二月十五日收五千五百六十四元,经过复杂的计算,实得稿酬一万一千九百三十三元,纳税一千五百零七元。

送书名单是四十二册，文珍一人我送了她两本，第二本是书出两年后送的，以为没送过。如果查一下"送书账"就不会送重。这种失误好像仅此一次。

古城西隅小书房
——《都门读书记往》

一

在这里说不吉利的话，好像不妨碍任何人，也不该有人不高兴，因为我说的是自己住过的几个地方。我在古城住的最久的是西城按院胡同，这条胡同明朝朱元璋时代即存在，当初是不是建造于乱坟岗，已不可考。估计不会，因为有了城墙之后，城里死了人是抬到城外埋葬的，这么说是有历史依据的。从按院胡同搬出，搬到了城外的月坛西边的洪茂沟。住久了，听老住户讲此地以前是坟圈子。

旧资料显示："普宁清真寺下之公墓为阜成门外三里河北六七里之洪帽沟。面积颇广，所葬多西北缠回世本市者。今已多成私人所有，以回回营先名红帽子营而称自。日久失其原名而呼以红门子沟，今更简称红门沟矣。""普宁清真寺在今六部口双栅栏，旧时所居多为回民，分为黄、马、金、邓。据云，为乾隆时随容妃所来的回族人。所之地旧称红帽子营，其葬地即今之洪茂沟，也随名之。""洪茂沟旧有南北向大沟，与红帽子营，合称今名。洪茂谐音红帽。沟则不变。其村亦称洪茂沟，五十年代建楼，成为居民小区。"

查一九五三年北京市人民政府公安局编制的《北京市街巷名称册》，洪茂沟当时"所属公安分局为海淀分局下面的阜外派出所"，这项与今日同；另"门牌起止号码1——31"则与今日对不上。

说起这楼，竟然是大跃进之产物，《北京建筑十年》画册里专门拍摄了建筑中的洪茂沟。

离洪茂沟不远的百万庄小区，我丈人家住那儿，现在还住着。资料显示："很早的时候，百万庄这个地方是北京城外的郊区，是城里人埋葬死人的地方。由于坟地的杂乱和死者身份的繁多，没有一个确定而美好的名称，于是就约定俗成地叫做'百万坟'。后来逃荒的人在坟岗荒地上搭建窝棚形成小村庄，城里人俗称为'百庄子'。解放后，'百万坟'被选择作为政府公务员居住区。当然活人住的就不能再叫坟了，'百万庄'的名字从此就代替了原来的地名。根据著名建筑学家梁思成先生的提议，由建筑设计师张开济设计，'百万庄'小区，按照中国传统文化中的概念划分'子、丑、寅、卯、辰、巳、午、未、申'。因为是建立在原有坟地之上的，所以阴宅变阳宅必须要考虑到能压住原有的阴气。所以前八个区是含有八卦之意。"

说了归齐，还是个建造于乱坟岗子的新式楼房。

前面所据《北京市街巷名称册》，百万庄称"百万庄村""门牌起止号码1——17"，所属分局及派出所与洪茂沟同。

洪茂沟住了十三年，我又搬到了更西边的恩济里小区，越搬离城越远，越搬坟岗子的名气越大。《日下旧闻考》载："雍正十二年，世宗宪皇帝赐内监等茔地一区，名恩济庄。"

另据《恩济庄内监公茔碑》（清光禄大夫太子少保议政大臣内大臣户部尚书兼内务府总管海望撰文，乾隆五年庚申十月吉日立）载："清世宗雍正皇帝'恩赐银万两，使营兆域'，茔在阜成门外八里庄之西偏，工始于雍正十二年八月，竣工于乾隆三年七月。"

李莲英，慈禧太后身边的大红人，尽人皆知的"李总管"，他死后亦葬在恩济庄。李莲英之墓与我住的小区仅隔一小马路，我不信神，我也不怕鬼，按直线距离计算，李总管的坟与我的小书房不过七八十米，我写作时面朝的方向也是正对着总管之墓，一点儿不碍事。挨着李莲英又能怎么着，我的二十本书全部写自恩济里小书房。李莲英的晦气一点儿没有晦到我，倒是沾了鲁迅的些许仙气，这是因为我一开始就私底下管这间六平米书房称为"老虎尾巴"，邪不压正，鲁迅必然战胜李总管。鲁迅的老虎尾巴面积是八平点四，鲜为人知的是，一九二八年前后，也就是鲁迅到南方之后，鲁迅的母亲将自己的卧房的后墙也往北推了，与老虎尾巴取齐，这样鲁母的居室便宽裕了不少。两个老虎尾巴的格局维持了许多年。

日本作家桑木严翼说："身为读书人，书房便是工作室。"他还说过书房"陈设过于考究，窗外风景太过优美，反倒令人为之着迷。注意力也将从读书思索转移到这些东西上来。总之对于书房，平凡才是至为紧要的，书房是隐居之所而非其他。"

作了李莲英邻居之后，我有了一间虽小但是功能纯粹的书房。叫书房实是攀高之语，工作室倒名副其实。除了炎夏躲到有空调的房间二十来天，一年四季，二十年来，我于老虎尾巴笔耕不辍。六米之"虎尾"，大大小小的变动不下二十几回。新入住，书物柜笼尚可宽松安放，有客来尚可隔几相谈。随着买书越来越无节制，虎尾之空间慢慢被蚕食，变换位置即为了合理使用空间。一桌一椅，必预先安顿，书籍只好撂着堆放，直达屋顶。窗户夏启冬闭，窗前不宜久堆书物，只得宣告，虎尾的空间已利用殆尽，也用不着我再折腾了。

经统计，虎尾现容纳书物：光明牌书柜一只，纸箱四十余只，书格二十七只，写字桌一只，椅子一只，矮几二只，零散图书百余册。

第一本繁体字书《蠹鱼篇》顺利出版之后，双方均存余兴，接着出第二本，我便想到了这个书名。四十年代的北平有个很好看的杂志《国民杂志》，它有个栏目《古城文学家》，人像，小传，手迹，安排在一页纸上很像个人履历表。介绍了周作人、钱稻孙、陈绵、杨丙辰、商鸿逵、赵荫堂、朱肇洛、毕树棠、沈启无、郑骞十人。这老几位当年滞留古都，继续写作教书，使得一息文脉延存，本来无可深责，可是一位资深的北平沦陷时期文学研究家，还是在他的专著里将"古城文学家"这个标题，在修订出版时悄悄改为"其他作家"这样毫无色彩的标题，并增加了"大义凛然的民族气节"等口号式语言。

我原先很喜欢"古城"这个字眼，可是没了城墙的北京，"古城读书记往"就不切实际了，只好以"都门"代替"古城"，其实"都门"也不合适，勉强用之，至少字面上不扎眼。于非闇（一八八八——一九五九）著有《都门钓鱼记》《都门艺菊记》《都门豢鸽记》，称为"都门三记"。柳永词《雨霖铃》里的名句"寒蝉凄切，对长亭晚，骤雨初歇。都门帐饮无绪，留恋处，兰舟催发。"白居易《长恨歌》"东望都门信马归，归来池苑皆依旧。"

二

交给台湾出版，有一个好处，字数可以尽可能地多，内地的小精装过了十万字即嫌多了，要求作者删。以字数来计算，"秀威"的一本相当于我们的一本半，两本就当三本。"秀威"的宽容，使得本书成为我惟一的超了三百页的书。

另有一好处，题材可以稍稍破格。譬如主题是"读书"，就算"记往"也得是"读书的记往"，可像《还乡记》《我的"插队日记"》《帖言帖语》《一九七六年日记零抄》《岁岁边风吹绿野，朝朝冷月送黄昏》《别矣，我的集邮》诸篇，似乎与"读书"不搭，更近乎是一种个人生活的"记往"。我有一个想法，这几篇不够单独成一本书，但却是我的用心之作，掺入本书，冲淡一些"读死书，死读书，读书读死不如不读书"的气氛。

《帖言帖语》，前些年网络论坛火热之时，我还不怎么会打字，吭哧半天跟一句帖，人家说八句我只能回一句。很早听说一句话"思想是很容易溜走的，你随时得把它记下来。"这种一闪而过的思想，也叫灵光或灵感，往往是对客观的反射，此处的"客观"即是网络上的"众声喧哗"，有的言论你瞧着不顺眼，特想反驳两句或调侃两句，这就是"跟帖"，几分钟的功夫，双方唇枪舌剑好几个回合，还有可能引发多人参与的一场混战。如果这种笔仗发生在报刊上面，慢悠悠，文绉绉，一点儿也不过瘾，急性子的真着不了那份急。如今的报纸，极少见到文人之间的笔仗，一来是报纸的衰退，二来是读者的流失，三是文人战场的转移。

去年的这个时候，我在报纸上打了一次笔仗，对方是社科院的学者。此时我的网仗经验和网络语言派了大用场，自认为"这一仗呀，打得真漂亮！"（《洪湖赤卫队》歌词）

网络接仗，可以碰撞出有意思的话来，这些话平日里不大能说出口来的，在虚拟的空间，未曾谋面，话赶话，针尖对麦芒，说不准哪一秒钟你就会蹦出一些小的机智，小的聪明的话来，赢得一时小的愉悦。胡适说过"要使你所得印象变成你自己的，最有效的法子是记录或表现成文章。"发帖与跟帖，算不得文章，聚集起来却有一股子力量，所谓"白话文"，我理解即用口语写成的文章，网络语言最接近口语，因此这一组《帖言帖语》，看似游说无根，实乃原生态记录。

曾经写过《杨振宁亦吃饭》这么个帖子，新浪网居然给上了头条。

西南联大，杨振宁在那儿上过学，杨教授回忆当年的吃饭之法，"第一碗不可盛太满，如过满，待你吃完，欲盛第二碗，饭桶里已无饭可盛。正确的吃法是：第一碗盛半碗，速吃，第二碗盛得满满的。"杨教授此法有类"上马中马下马法"，我在农村插队岁月也使用过，并升华之。此法只适用米饭、粥、面条等大锅饭，碰上窝窝头、包子一类论个儿的食物，此法之局限性即不灵光。堂堂之杨教授，与我何异之有，我只少他一诺奖耳。

帖子好选，跟帖不好选，一是因为选的话必须将原帖也一齐选上，否则人家不明白你说话的由来；二是跟帖者七嘴八舌，光选你说的话仍然看不大明白语境何在。有的网站十几年前的旧帖还保存着，有的却全部"焚尸扬灰"。如今有些后悔"帖言帖语"选少了，而如果照单全收，难免泥沙俱下。许久之后，也许有的人会意识到网络论坛的帖子是一种特殊史料。

《我的"插队日记"》，如果放到别的书里，编辑肯定不答应，我也不会自讨没趣。日记是个人隐私，不知何种动机，我特别想将它公之于众。插队岁月已过去四十几年，安逸的都市生活慢慢淡忘了曾经的苦难与苦闷交织的过去。历史，不管是个人的还是社会的,总会被遗忘。遗忘分两种,一种是彻底的,一种是非彻底的,对我而言是后者,十几本日记的存在,欲忘不能。如今当年的插友虽全部回到北京,可是一年之中也就是春节那几天互相问候问候,平日里极少来往,我的插队日记遭遇尴尬,"更与何人说?"怀旧像抽疯,一阵儿一阵儿的,形成常态反而乏味了。

《一九七六年日记零抄》,不同于历年的插队日记,结束了最后四十余天的农村生活,二月中我回到京城。这一年发生的几件事,都是惊天动地级别的。这一年,不惟国家屡出大事情,我个人之命运亦有两回重大之转折,回首三十年前,国事家事,俱为陈迹耳。李后主云:故国不堪回首月明中,雕栏玉砌应犹在,只是朱颜改。今欲旧梦重拾,幸有旧日记可资佐证。

我还记有"串连日记",这里得先解释一下什么叫"串连",网络上有解释:"'大串连'是'文革'时期的特定历史现象,指一九六六年夏,为在全国发动'文化大革命'而采取的一种特殊人员交流方式。这种方式首先是从北京一些高等院校学生中开始的。为了造党委的反,打破班级、年级、校系的界限,商议共同采取某些行动,这种方法叫串连。"这个解释很平淡,根本反映不了"串连"的火爆场面。你看我的这个题目像是"串连"么,"岁岁边风吹绿野,朝朝冷月送黄昏",我参加的两次"串连",纯粹的游山逛水。幸亏当年游玩了这么些名胜古迹,之后五十年,再无如此神奇的机遇。

三

这书与上一本走的程序是一样的,完全通过电脑邮箱进行,听不到编辑的声音,见不到编辑的面。样书也是一样的,五十本,连寄书的纸箱都是一样的。我奇怪这么单薄的纸箱,飞机,火车,卡车,电动车,一路好颠簸,居然只两三本有磕损。

二〇一〇年四月二十三日的日记:

入春以来,最佳丽日,太阳明晃晃的,一切都有了明晰的轮廓。九点半门铃大作,《都门读书记往》来了。快递小伙气喘喘的抱着纸箱上来。我问他为何不事先打个电话,万一家中无人岂不冤跑,他说公司近,无所谓。

马上给H先生电话,晚上他来取走二十本。

下午去万寿路邮局取《小城之春》,一路之上,春的气息。

忙叨了多半天,晚九点之后才得空安心伏案。

这书也是多送不起的,查了一下"送书账",送出十五本,没送的朋友只有说句对不住了。收到书的这几天,正在办理平生花费最大的一件事情,直接将家底败退至一九九四年水平,我说过很多遍了,一九九四年,最窘迫的一年,刻骨铭心,用电影《战火中的青春》里女扮男装的高山对雷振林的话来说"我忘得了吗?"

且借赵景深一回目
——《书呆温梦录》

一

这个书名是向赵景深借来的，必要声明的。

赵景深（1902—1985），是位藏书家。他不像别的藏书家，赵景深是舍得往外借书的，借书的人只要在借书薄上登个记就成了。王骧教授曾赋诗称赞"文坛巨擘老人星，著作等身至可钦。更有一桩人罕及，藏书肯借见胸襟。"

关于借书，古人很是表达过一些怪论，就中最有名的是这八个字"借书一痴，还书一痴。"有的人天生大方，有的人生性小气，我是后者。很早以前，我是没有书友的，后来交上几个，其中一位很想到我家来一探虚实，另一位提醒我"他这人好借书，借完不还，你得小心"。闻此言，我赶紧在书柜上贴了一张白纸，上写"寒斋藏书，概不外借"。贴了之后，仍不放心，每当那位书友提出来家，我总能找到借口"御敌于国门之外"，至今这张告示还贴在原地，一次也没发挥作用。

公立图书馆的藏书，照一般情况是可以借阅的，甚至可以借出馆去，但特别名贵的善本古书，不在此例。周作人讲过鲁迅遇到的一桩"平生第一险事"，那是鲁迅在教育部任佥事科长的时候，京师图书馆馆长胡玉缙乃教育部委派，至于图书馆的具体事情则由科长鲁迅负责。当时大大有名的藏书家傅增湘，听说图书馆里有部宋版书，"渴欲一见"，无奈馆里有严格之规定"善本概不外借"。考虑到傅增湘作过总长，名流理应优待，馆方想出了一个变通的办法，特意于馆内安排了一间房子，请傅总长住在里边，可以安心校阅。傅增湘"蕙然前来"，鲁迅亲自接待，亲手将装在楠木盒里的宋版书交给傅增湘。

数日之后，傅增湘称要回去几天过些日子再来看书，叫馆方来办个交接。这回来办交接的还是科长鲁迅，鲁迅见傅增湘已"整装待发"，佣人只等事毕便挑起网篮铺盖，出馆而去。鲁迅接过楠木盒子，正准备交给工友，然后与傅总长道别，忽然"福至心灵"，鲁迅当着傅增湘的面将盒子打开，盒子里"空空如也"，哪里有宋版书的影子！傅总长见把戏败露，马上回过头去，大骂站在身后的佣人："混账东西，怎么书都没有放好！"佣人连忙自网篮里取出宋版书，放回盒子里，鲁迅这才长长松了一口气，心说："好险！"

鲁迅后来说起此事，称平生所遇危险，以这次最险，也最运气，如果当时失验，收下空盒之后，这宋版书丢失的责任再也摆脱不清了。

周作人说，不见可欲，其心不乱。藏书家眼见好书，用尽心思图谋，也是人之常情，但总不可以违反道德。

一个"借"字，可窥人心之炎凉，或许只是生活小节，但却让你记一辈子。过去上班吃食堂，排队买饭之时，总有一个同事笑眯眯地跟我借饭票，多倒不多，一毛两毛的，可是当时挣得少啊，才三十来块，一个月买饭票也就买十来块钱的。

再往前，又要说到插队那个时候。有个男生跟我很要好，叫王良模，至今还有联系，二〇〇八年秋陪我"还乡"的就是他。所有的"借"，都是缘于穷。刚到农村，家里给买了条新裤子，干农活儿当然舍不得穿，留着上旗里或回北京再穿，谁承想，王良模提出要借，我不好意思不借。他借穿不是因为要上旗里或有个什么重要场合，下地干活儿他也就那么随随便便穿着，完全没有对待新裤的态度。那一阵子，我跟犯了神经似的，每天看着王桑穿着我的新裤在眼前晃来晃去，心疼坏了，老盼着早一天他脱下来还给我。这件事过去了四十多年，当初的难受劲儿，总也挥之不去。

赵景深在《上海文化》（一九四八年）杂志上有个专栏，名字很诱人，"书呆温梦录"，我，这回得向赵景深教授借用这五个字来作我的新书名字。

二

如今的出书，尤其是我们写作的这类题材，似乎只有丛书一途可走，本书亦无例外。查二〇一〇年五月十七日日记，夜，止庵电话，花城出版社与他谈，欲策划"书珍丛书"，已选定作者有马家辉，张冠生，止庵，赵国忠，我。止庵已将我和国忠邮箱告诉给花城。五月二十四日，邮箱收花城社文珍邮件：

谢先生：

你好。

今冒昧给你写信是因了止庵先生的指引，不胜荣幸。

止庵兄是我多年的老友，今年初他来广州时我们谈到了出一套丛书之计划，类似于上海陆灏和现在中华书局的那种小开本精装书。

内容大致是读书谈艺为主，8到10万字就可以。

希望先生这里有未结集的文字可加入，或有兴趣专写一本关于藏书、索书或你的喜好中那些有趣的老故事如何？

盼复，夏安。

文珍

五月二十五日，文珍来电话，聊四十分钟。

我根据聊天的意思整理出三个选题发给文珍，文珍回复：

"谢先生：请整理《书呆温梦录》给我吧，可以上线了。祝好。文珍"

过了几天止庵转达文珍的意思，称她从未接触过我和国忠写作的这类题材。

六月二十一日，将书稿及图片发给文珍，比她说的期限"八月交稿"提前了两个月。文珍回邮称"很喜欢这样的文字。"

时隔五年，再来看这份书稿，我感觉还是很满意的，除了那个"后记"写得不知所云。止庵很少表扬我，只对我在《上海书评》的专栏（"书呆温梦录"）有过一句："都应该像这样写。"那个专栏是二〇〇九承陆灏"瞧得上"开设的，开栏篇《〈文学〉杂志"战时版"》，第二篇《搜求周作人旧版书的乐趣》。等到文珍这时，专栏的名字成为单行本的书名，专栏所写，理应悉数收入。以后几书，冲在前面的还是《上海书评》专栏的小文，似乎成了惯例。

专栏，一种特殊的荣誉。少年时听广播看报纸，感觉"专栏作家"要比作家高出一等。新闻报道提到李普曼（1889——1974），大多会这么说"专栏作家李普曼"，李普曼曾创下一个专栏写三十六年的纪录。我也知道今日之专栏不好跟过去的比，但是专栏的责任感仍在，必须多付出一份努力。《上海书评》，数一数二的书评报纸，不说别的，就是那个"海上书房"期期不拉，在我看过的读书类报刊里，要算一项纪录的。

随笔专栏比较新闻评论专栏，要容易得多，时间上也从容得多。我的这个小专栏,一月一篇,尽够谋划,思考,找材料,修修改改了。专栏的局限是字数,再难得的材料写到规定的字数,常常不得已而收笔。对于这个局限,我想出一个应对之策,在规定的时间规定的字数内交卷之后,你再随心所欲地扩充字数,想写多少写多少,将所知材料全部用尽,总会有机会出单行本时即收进去,我管这个办法叫"材料效益最大化"。我写得这些个不成体统的文字,如果不把材料写足写透写全,那就更什么都不是了。可惜,《书呆温梦录》之时,我还没有想出这个办法,以《搜求周作人旧版书的乐趣》来说,至少还可以找出五六个像常任侠那样的"嗜周者"。

《大成》和《大人》这两本香港七十年代所出文艺杂志,包含许多民国掌故,现在重视它的人很多,以前很好买的,如今不但难买而且价钱也要得实在是高。两份杂志,实际只是名称不同,《大人》出四十二期之后停刊,接替者改称《大成》,出至二六五期终刊,两者相加三百多期,一万五千多页。我的《大人》是全份的,《大成》则缺二十几本,努力了十几年,如今已不作全璧之想,董桥曾说:"藏书家收藏期刊杂志,尤其以不缺期为珍贵。"(见《跟中国的梦赛跑》内《河滨》文)本书中我以"大人""大成"为题,各写一篇,两篇相加的字数也不过三千出头,这么少的字只写一个《大人》尚且不足。留作一个念想,以俟来日,写他万八千字,为这两本超级棒的刊物立个小传。

网络勃兴之后，图书，杂志，报纸三者备受冲击，后两者受害尤其显明。过去报纸上常能见到文人之间的笔战，现在几乎绝迹，老文人打不动了，打得动的则上网络交手去了。鉴于一盛一衰，有的人说了，几年前黄裳与止庵的笔仗，实乃"最后一仗"。我是此役的亲历者，双方的文章都是第一时间得见于报纸，所以某报让写一篇"观战记"，我欣然动笔，题为《我所知道的黄裳与止庵》。刊出后，无一丝反响，倒是转载到网络上才引起一点儿骚动，不由想到民国章衣萍的一句名言"懒人的春天啊，我连女人屁股都懒得摸了。"实在别有深意，话糙理不糙。此文收进本书，最近忽然感觉出单行本的好处，即翻检甚为便利。最近有位大家旧事重提"黄止之争"，大家是黄裳的朋友也是止庵的朋友，但是他对两位笔仗的来龙去脉没有我清楚，所以陈述多有与时间及事实不符的地方，好在时过境迁，黄裳先生也已过世，不符就不符吧，笔仗又不是真刀真枪的战争，或以游戏视之可也。我的意思是，大家在行文之前若看到我的这本小书，看到我按发表时间顺序排列的黄、止论文，就根本不会把我这个局外人也扯进这场笔仗里。

黄裳对我的误会，有黄裳的回信可作结论，已完全解释清楚。冯小刚说"群众里面有坏人！"某个小年轻利用黄裳不上网的信息不对称，来向黄裳传递网络上我说过的话，导致黄裳的不快。鲁迅说过"捣鬼有术，也有效，然而有限……"所谓有效，确实惹得黄老动怒问罪；所谓有限，我略书数言，黄老即称"先生为文颇俏，易引误会"，顿刻消了气。

那几年，我还是给报纸写书评的，现在不大写，因为稿费太低，低到甚至不如九十年代，这样的待遇令人提不起精神。稿酬低，表明一种态度，书评可有可无，"有它过年，没它也过年。"前些年之所以写，因为有编辑约稿。收在本书内的几篇书评，自以为写得还说得过去，如果不写，那些个读书心得，不就烂在肚里了么。今后，不管稿费高低，书评还是要写的，写出来，才能记得牢。

三

这书出得尚称顺利，从交稿到拿到样书，不到一年的时间。一年之内出书，要算正常的节奏。其间，关于封面费的功夫比较多，至今我还在为那个初稿封面而惋惜，最终的封面统一为现在的样式，变化的只是颜色，说来还是丛书的局限。惋惜之后是不甘心，我自己把被废弃的封面改装成护封，套在书上，权当自用本吧。

还有一个比较麻烦的环节，这回却做得称心如意。我的书，书影图片必不可缺，上一本中华小精装插图也不错，只是彩图和黑白图混搭，稍感不足。这本是全彩书影，打一仗，总要进一步，光看这些图片，亦能勾出往事一片。如果我的小书能够流传得长久一些个年头，仰仗的也许倒是这些书影。

二〇一一年年初,在北京书展上有人见到样书,四月十六日收到样书二十本。收到书当天,家里有人住院,我在另外一个医院,忙乱极了,抽空将新书翻了一遍。

送书送出整五十本,其中田歌是第一次送书,她主持的节目《荧屏连着你和我》,我参加过三次。有一天她给我来电话,却打到田涛那里,田涛说我不是谢其章,但是谢其章我认识。第一回送书的还有戴时炎,戴时炎在区委工作过,很热心的帮我配齐了《西城追忆》,还送了我很多关于西城的书。他单位食堂的饭特别好吃,他请过我一回,我当时真想在那入伙。沈鹏年,我第一次见面,在南池子他家里,是与止庵一起去的。沈鹏年送给我俩很多书,我只回送一本《书呆温梦录》。

孔夫子旧书网得知书讯,约我和止庵到网站签名售书,打算每人签五百本。五月十日签了三百四十本,要求题上款的特别多,我的名字笔划比止庵多(我三十一画,他十五画)且一笔一画正楷,而止庵狂草,速度比我快三倍。十几天后又去了一趟网站,签了一百多本。自此之后,孔网签售新书的活动便形成常态,一周一次,至今已二百来场了吧。我得承认,在布衣书局网站签售毛边书,是我开的头;在孔网签售新书,还是我开的头。这个头是带了个坏头,还是起了个好头?其说不一。这两个网站的读者,与当当等网站不是一个读者群,孔网、布衣的读者只认一小部分作者的书,我最新的一本《佳本爱好者》,二百本毛边一分钟就抢光了,而另一位大作家的一百本卖了好几天只卖了四十几本。

最后照例说一下经济效益,此书得稿费八千八百七十四元五角。

地铁六号线慈寿寺停一站
——《玲珑文抄》

一

有塔必应有寺，先塔后寺，寺废塔存，历来如此。第一句话是我自己想出来的，不知对不对，搜百度，居然对了，"按照佛教的传统习惯，有塔就必须有寺。寺是看塔人的住处，一般称为塔院。因为塔建成后，必须有人看管。"（郑立新《有塔必有寺，"永安"本"白塔"》）十九年前，我迁居慈寿寺西一新建小区，那时仍旧属于"朝九晚五"上班族，无暇打量周遭地理风物，只知道东边有个玲珑公园，公园因玲珑塔而得名。住下几年后，有了闲心，这才去拜访玲珑塔。那几年尚不大会利用网络搜索，只是从书本里查询玲珑塔的前世今生。

玲珑塔是老百姓的叫法，此地因距阜城门八里地，故称八里庄，老百姓也称此塔为八里庄塔，真正的名字"慈寿寺塔"，倒没有多少人叫得出来。玲珑塔近旁有个"玲珑巷"，一九五三时此巷只有"1—3"个门牌号码，可是每个门牌号里有好几排房子呢，据说是什么单位的宿舍。玲珑巷现已拆除。

一五七六年，明万历皇帝的生母慈圣李太后，主持营造慈寿寺塔。皇帝母子都想不到，几百年后此地会设置地铁站。同样的道理，几百年之后还会发生什么沧海桑田式的变化，我们今天也无法预料。历史的过程，令人战栗。

一九四〇年，一位日本文员在北平住着，记录着这里的岁时风物，也写写文章，引录日本文人的诗句，我觉得很美好。

  景山的松囊

  松针四佈

  松子落土

  此物幻灭

  嗒然一声的松子

四十年后这位日本文员重返北京，在一万公尺的高空，他情绪高昂，赋诗一首：

  昔日云远之时

  初旅啊！那是昔日云远的那时

  忘了还是糊涂

  杯底映梅雪

  弟子恰如叹岁月

  纸鱼之巢佚帙腐而班散

  缘日鸟影伸

  不说不见移来人

木芽绕垣

面色憔悴谣言止

近来不打电话之际

流行歌《大阪秋雨》欲哭心情

迴梦醒时已是上海

这位文官居北平之时，记有七十几天的日记，一九四二年七月一日至九月中旬归国之前。八月二十六日这天记有"并约好明日一起前往八里庄。"

八月二十七日（星期四）：

九点，应约于阜成门内集合，随身携带之物包括照相机及采访手册。同行者有多田、直江两位先生。

月坛如今已成为警官教练所，故不能随意进去参观。经出示名片后，始由一名警官带领我们至月坛、礼堂参观。

沿着北露泽园向北走，至上义学校内参观多名教士之墓，如利玛窦、汤若望、南怀仁、郎世宁。一行三人循着高粱茂密的田间小道至八里庄，在城门前的茶店吃午餐。这天于看过摩诃庵的壁画、三十六体篆书及慈寿寺塔之外，始搭上洋车返回西四牌楼。

这是我仅见的外国人用文字记录的慈寿寺塔，弥足珍贵。日本文员日记里的地名今天依旧沿用。这条路线我很熟悉的，西四——阜成门——月坛——北露园——车公庄——八里庄，每个地名都能引起回忆的片段。当年的"田间小道"早已被笔直的马路所替代。

梁思成在《天宁寺塔建筑年代之鉴别问题》文内提到了慈寿寺塔，他为反驳"天宁寺塔建造于隋代"的观点而拿慈寿寺塔作论据的——"北平八里庄慈寿寺塔，建于明万历四年，据说是仿照天宁寺塔建筑的，但是细查其各部，则斗拱、檐椽、格棂、如意头、莲瓣、栏杆（望柱极密）、平坐、枭混、圭脚——由顶至踵，无一不是明清官式则例。"

梁思成不忘调侃一下"隋代派"——"喜欢写生者只要不以隋代古建，唐人作风目之，误会宣传此塔之古，则当仍是写生的极好题材。"

老照片中的慈寿寺塔，找到了几张，多摄于民国时代。五十年代，塔的南面荒地上盖起了好几排民房，起了个好听的名字"玲珑巷"。真实的景象可不如名字那般美好，脏乱差之极。大前年玲珑巷拆迁，居民们大得实惠，又有周转房又有几百万的拆迁款，有人羡慕得不得了，我说你没有想过他们忍受了多少年的罪么？

还有一位日本人阿南史代，文员在北平时的一九四四年，她才出生，几十年后，阿南史代对北京的古树作了一番详尽的调查，并拍摄有图片。这些古树之中即有慈寿寺前的两棵与塔同龄的银杏。阿南史代写道：

看着京密运河边的十三层八里庄塔，你会以为自明代建塔以来它从未改变过。实情并非如此。此塔所在的位置，曾是一座大型寺庙的后院。这座寺院是万历皇帝为慈圣皇太后祈寿而建。塔南那一片拥挤的住宅区，过去是宏伟的慈寿寺。了解了这些情况，你才能理解为什么在那些简陋的砖房子中间会有两棵五百年的雄伟银杏。这两棵树标志出了主殿的位置。而两树之间的空间就是入口处。其中一颗银杏三十米高，胸围六米，六月初枝头挂满绿色的白果。另一棵只有十五米高，一半枝干已经枯干死掉。民工们就从这样的幻景中走过，丝毫不会留意到它们亘久的历史。

慈圣皇后曾在北京捐资修建了众多佛教圣地。这座辽代风格的宝塔就是其中之一。这座八角宝塔的表面覆盖着浅浮雕，其中包括两百个佛教人物。目光从宝塔缓缓移到大树身上，你可以想象寺庙当初的大小。塔前的一块石碑上刻有观音像，表明是资助人皇太后。据说，慈圣皇后是九莲圣母的化身。塔的名字也与资助人不无关系——永安万寿塔。而真正"万寿"的却是寺里的这些银杏树！

阿南史代也描述了文员去过的摩诃庵里的四棵柏树，树龄均过了三百年。两位日本人相隔半个世纪的记载，使得我们对于慈寿寺及玲珑塔的了解更深一步，尤其是阿南史代对于古银杏与寺庙具体方位的考察，在公开的资料里是第一次。如今，这两棵古银杏的周围是新建的十几座三层别墅式小楼。我路过的时候，总是要望一望高处的玲珑塔，再瞥一眼一死一活的古银杏。估计下一次拆迁，怎么也得六十年之后吧，但愿银杏无恙，死了的那棵不要刨掉,作为历史的坐标永存。

不只是民工,貌似有文化的我们一样对古迹的遗骸,漠不关心。

我在月夜的古塔下散步,想起了"搜书记"这个书名。而这回,止庵说又有机会在徐峙立的山东画报出版社出书,依旧是古塔给我以启示,"玲珑文抄"如何?说给止庵,他说这个书名不错,十几分钟之后,他却说"不过如此"。

在一个地方住久了,起书名时便会想到它。姜德明先生的《金台小集》,也是这么来的——"半个多世纪以前,我从天津移居北京,先后在西城、东城、南城住过。想不到最后落脚在朝阳路的金台路上,岁月匆匆,如今也有二十多年了。书名不含什么深意,取其顺口,并多少留下个人的一点纪念而已。"

姜先生的《闲人闲文》,"原拟名《金台消闲录》,有人嫌不积极。"

一九五〇年,姜先生初来北京,在西城兴盛胡同住过小一年,兴盛胡同离我住了三十年的按院胡同只几分钟的路,前些天与赵国忠到姜宅聊天,我又问起"您去过按院胡同么?"姜先生说"路过过,那是条小胡同。"

二

这本十万字的小书,竟有三分之一的篇幅写到张爱玲,以至于我的老同学背地里议论"这个张爱玲是不是和老谢沾亲呀？"老同学自初中毕业之后再没读过一本书，说出这种话也没什么可惊诧的。

张爱玲在大陆红得发紫之后，想沾张爱玲光的，大有人在。这些人里闹得最不像话的要算"南玲北梅"的"北梅"及其信徒们了。

我以《当年就没有"南玲北梅"这回事》为全书开篇，就是因为看不起"瞪着眼睛说瞎话"之流。我没有义务帮助"之流"提高智商，可是我很想把"当年"的实情罗列出来，在罗列的过程中，加深对"之流"的轻蔑。

止庵撰文《时代错迕则事必伪》称，"几年前我在《中华读书报》上发表过一篇小文《关于"南玲北梅"》，颇惹了些是非出来，用论家的话说就是'南玲北梅'说一度成为媒体小范围讨论的焦点。有朋友问我怎么会对'南玲北梅'提出质疑，我说皆因倡此说者一口咬定那是一九四二年的事，而但凡同时对梅娘与张爱玲的创作生涯有点了解的，就知道此乃子虚乌有。假如把时间推迟一两年，我未必看得出其中的破绽。此即如梁启超在《中国历史研究法》中所说：'时代错迕则事必伪，此反证之最有力者也。'"

梁启超的话，使得谎编之"南玲北梅"无处遁形，却无法迫使"之流"乖乖就范，这就是真理的局限，元末陶宗仪有言："太行山老儒之言颇有味，今之有真是非，遇无识者，正不必与之辩。"

关注张爱玲二十年,只是对于她作品的初发刊最为留意搜集,并未刻意寻找她的佚文,连载有佚文的《亦报》也是随意买来的,不想就撞上了张爱玲的《年画风格的"太平春"》。陈子善得知喜讯后打来电话,问了问发现佚文的经过,感叹到:"这也不枉你长久以来对张爱玲的良苦用心。"

张爱玲之外我最关注的是周作人,换过来说也行,周作人之外我最关注张爱玲。周、张二位之外,才是鲁迅。

本书里有三篇写到周作人,周作人边边角角的材料多,因此我的几本书话随笔集,每集都少不了周作人,而张爱玲不是。

《听苦茶翁讲笑话》,可以算书话;《周作人四十年代若干旧照小考》与《知堂两度书联赠省斋》大概可以算小的考据吧。

书话易,考据难。

《轮船乎,飞机乎——一九四二年梅兰芳离港返沪》《张爱玲认错人,周黎庵记错事》与《吴宓曾住按院胡同》,也具有少量考据成分,由于我不常写这样的文章,因此颇感吃力,碰到《〈作家书简〉之谜》这样考验真功夫的作文,只得避实就虚。像我这样的人不跑图书馆,不大会使用网络,仅仅在自家的"一亩二分地"里打转转儿,失误在所难免,不求读者原谅,今后少写为佳。

一直对现代文学馆的那个作法有意见,《唐弢藏书应不应该贴标签?》说的就是它。我称"贴标签"这个鲁莽行径"像不像林冲发配沧州脸上刺的字?"曹辛之在为《韬奋画传》装帧事写给范用的信里说:"封面上有些妨碍画面的藏书者印章尽可能用颜色盖掉,贴在书脊上的藏书编号设法去掉。"

"设法去掉"谈何容易,过去的浆糊还容易点儿,现在的化学胶水撕下来的后果,必是连皮带肉。唐弢藏书,应该特事特办。

贴了标签的唐弢藏书,照样没挡住被他人利用。陈子善新著《纸上交响》有幅《女神》初版本书影,正当我们妒忌教授拥有如此珍本之时,书上的标签露出了"唐"字,原来是现代文学馆"唐弢文库"的藏书。《唐弢藏书》的作者于润琦先生称《女神》初版本"全世界仅存三册",我们无从得知于先生采用什么方法竟然调查了"全世界",根据这个调查,陈教授不可能收藏有《女神》。

《〈联合画报〉的往事》,这里的"往事"是指父亲四十年代在重庆曾推销过《联合画报》。父亲《自述》里讲到:"一九四五年一月到重庆。到重庆后囊空如洗,只得住在许仁铎的宿舍里,因为他在《时事新报》作校对,晚上工作,白天睡觉,我晚上就睡在他的床上。在重庆找到丽娟,同时屠恒达、林祉成、林幼东等一群进步青年又会面了,还不断扩大阵容。大约这样过了一个多月,发生了一件尴尬的事:有一天晚上我睡在许仁铎同事常可的床上,不料床铺塌了,报社的总务科长上楼查看,见是外人睡在常可的床上,就不由分说,把常可解雇了。'屋漏偏遭连夜雨',本来我只愁吃饭的钱,现在连旅馆钱也要打算进来。天无绝人之路,过不几天,大约是三月初,巧遇衡阳时的好友赵仁祜,他是安徽大学毕业的,交游颇广,正在替《联合画报》作推销工作,见我落难如此,叫我跟他一起干。《联合画报》本来是中、英、美、苏四国共同出钱办的,后来中英苏付不起钱,就由美国独自办。画报在年初时续订的多,生意较好,第二季就差劲了。只干了一个多月。四月初,中央储蓄会的同事励息风,推荐我到教育部科学仪器制造所物料室工作。物料室主任何雪舫,答应我先帮助整理物料账务,以后转正做正式职员。临时职员工资很低,但总算有安身之所了。"

父亲感慨"到渝后,举目无亲,每日为吃饭住宿发愁,窘状可想而知。五月初曾投考中华书局,录取后于十四日与霞卿同日进中华书局工作。"二〇〇七年,父亲作诗记往:"地虽繁华少引接,朝求糊口暮求宿。早岁幸有委史材,与卿缘会同就业。"

我所收集的刊物中,惟《联合画报》与父亲之运命休戚相关,甚至可以说于我亦性命交关。

《青海看电影记忆》,我的"青海记忆"三部曲之一,另外两部是"读书"和"劳动",如今只差"劳动"没动笔了。青海岁月不足两年,可是给我的生命记忆,刻骨又铭心,离开四十年了,总掂记着回去看看,再不去,恐怕适应不了那里的高原反应了。

三

这书出得很顺畅，二〇一二年三月十六日书稿传给徐峙立，十一月第一天就拿到新书了。更快的是稿费，十二月五日就给付了，九千九百四十五元。

小精装于我这是第三本，区别前两本的是这回加了护封，同时成为我所出书里惟一加护封的书，这个护封是止庵向出版社争取来的。不单是有了护封，毛边本还单加了一页"签名页"，这也是以往所忽略的装帧手段。再加上限量编号及藏书票这两个手段，"精装、护封、毛边、书票、签名、钤印、编号"七大图书促销的关键要素齐备，使得《玲珑文抄》与止庵《旦暮帖》各一百三十本，于布衣书局"秒杀"，抢得先手的马上加价转战孔夫子旧书网倒卖，也很抢手。

送书送出五十本。姚桐椿先生收到书后，像以往一样很快写来四页纸的"勘误"。

有一本送得很有点儿意思。我在孔夫子旧书网买了一本旧书，一看卖家住得离我很近就隔一条马路，便约好个地方见面一手钱一手货。见了面俩人都想起来了，很久之前我也在他那买过书。这位执意不收我书钱，虽然钱不多，那也不合适，我赶紧回家取了一本《玲珑文抄》送给他，算是抵了书钱，就不能算作送书吧。

老友胡桂林，我特地送的是毛边本，因为他轻微地批评我渐露怠慢老朋友的倾向。

小学同学聚会，慌急慌忙，竟然送出了一本毛边的，据我在饭桌上的观察，没有一位男生或女生聊到读书的话题，连一句擦边的话也没有。

这一年冬天，几十年未联系的中学同学忽然相聚，地点选在陶然亭公园。来的有十几位，其中多数毕业后再没见过面，有两位我特想见，两位都姓马，马丁和马云。这两位与我文革串连时朝夕相处六十七天，在南京雨花台和上海外滩的合影，我一直保留着。那天我带去一本《玲珑文抄》，却送给了另一位同学芮士宝，这位象棋下得非常之好。他在聚会的之前给我手机发短信："老转（我中学的绰号，典出《烈火金刚》里的解文华'解老转'）晚上好，我是三十四中老同学芮士宝，定于本周六上午九点三十分在陶然亭公园北门聚齐，约有十几名老同学一起品茶，聊天，吃饭。众同学都希望你能参加！"

"少壮能几时，鬓发各已苍"。同学们都老了，有的稍显年轻，有的几乎认不出的苍老。相聚就是相别，"明日隔山岳，世事两茫茫。"不久就传来一位同学病故的坏消息，

这四年的书账
——《搜书剀记》

一

三联书店对面有条小胡同叫蒋家大院，蒋家大院里有家"刘宅食府"，主营老北京家常菜，近几年的聚会，我们都将这里作为首选之地，吃喝谈事的次数总在二十回以上了。查民国二十七年日本人编纂《最新北京市街地图》，蒋家大院位于马市大街西侧，是条死胡同，胡同北有支巷，也是条死巷，历经多次城市改建，这条胡同还是原来的模样，难得。蒋家大院南面是弓弦胡同，笔直笔直，东口临马市大街，出西口是东河根，其下场不如蒋家大院，今面目全非，连名字也消失了。

二〇一二年九月一日收花城出版社文珍邮件："谢先生你好。因下周去京办事，正有请你再写一书之想法。不知你是否在京，何时合适？"上回的《书呆温梦录》是止庵主持的丛书里的一本，文珍也只是在电话里通话没见过面，这回出新书，理应请示止庵，这才明白新书仍归属原来的丛书。我回复文珍："止庵下周四出差，您是这之前来吗？我是否可以带一位朋友一同见面。"这位朋友就是柯卫东，交往二十年的书友。

九月五日晚，三人于刘宅食府见面。边吃边谈，很谈得拢，柯卫东帮我起了"搜书剀记"书名，文珍也正式向柯约了书稿。我们仨几乎成了最后一拨食客，人家要打烊了。在食府门洞接止庵电话，二件事，其中一件，黄裳先生今晨病逝。

第二天，电话里，微博里，大家说的全是黄裳病逝，记者们则忙着采访与黄裳有过交往的人。有个小报纸约到我，我说不想在这个时候说跟大家一样的话，我给你写一篇《黄裳先生的钢笔字》，这个肯定没人写过。三年后，布衣书局的《黄裳纪念集》，我给的就是这篇，可惜没用我提供的黄裳手迹图片。去年《风雨谈》出版，这书分普通版和羊皮版，黄裳的《中秋随笔》手迹图片羊皮版采用了。

这一年的九月，家里的老人需要找保姆，我频频跑家政公司，相中一个带回来，老人不满意，再换一个，几年的折腾反复，居然也算"阅人无数"了。书稿之事，只能抽时间进行。

二

已经出过两本日记体"搜书记"，如今再出第三本，有两个选择，一是依葫芦画瓢，二是作出些改变。我选择作些改变。九月十一日定出改变的具体方法"将'补注'换为'书账'"。二〇〇九年到二〇一二年这四年的购书记录，版本、时间、地点、价钱均一五一十登记在册。

抄书账与抄日记都会带来同一个感觉，有些事当时看起来是可记可不记的，但是当十年二十年之后往回看，你就会感觉出记录的可贵之处。而今"恍如隔世"之感，在我已经缩短为四五年了。余生少于已经活过的日子许多，想想前面只有二、三十年好活，真的不寒而栗，惟尚不至于万念俱灰，总归是一种恋生怕死的情绪，时时袭上心头。

活到这个年纪，好消息越来越少，坏消息越来越多，谁谁谁得重病、谁谁谁出事了、谁谁谁死了。王朔之所以主动淡出公众视野，他讲是因为短时间（"两礼拜死一人"）内他的父亲和他的哥哥，他的好友梁左接连去世，他害怕了，生命原来如此脆弱。写到这，顺手在电脑上调出王朔导演冯小刚主演的《我是你爸爸》，看过两遍了，依然像第一回看，王、冯之才艺，勇冠三军。

书账不同与藏书目录，藏书目录的撰写自成一门学问，而书账形同流水帐，买到一本记一本，并无严格的分类、格式的限制。

早年间于厂肆买到民国二十七年燕京大学图书馆《章氏四当斋藏书目》，铅印，线装一函五册，其中一册为"书名通检"，也就是索引。

章钰（一八六五——一九三七），字式之，别署霜根老人，书斋名"四当斋"。一九三七年五月九日章式之病故，所存书籍全数捐赠给燕京大学，双方订有《赠与及寄托霜根老人四当斋遗书契约》，坊间不易见到，以资料计，特全部抄录：

立赠与及寄托契约：章王丹芬（以下称甲方）为一方与私立燕京大学（以下称乙方）为他方。

缘甲方 先夫霜根老人式之公，家寒立学，平时节衣缩食，遇有所馀，辄以购书，自念其得之非易，昕夕勤读，并以"霜根老人四当斋藏书"命其积年所集，盖取宋尤延之饥读之以当肉寒读之以当衣孤寂读之以当友朋幽忧读之以当金石琴瑟之义也；先夫易簀遗言，即以藏书赠诸甲方，分配处分，由甲方定之。

甲方因念乙方学校之缔造，其艰苦正与甲方 先夫採集书籍相同，除略选留有其手泽及善本书数种，暂行寄托乙方保管以备传诸后人外，其余悉赠乙方。

乙方兹承受甲方之赠与及寄托，并为勤励勤读计，愿保存藏书原用之名称，由乙方另辟专室庋藏之。

乙方又为纪念霜根老人终身苦读起见，愿将霜根老人生前所用文具书案等件，一并陈列。

因此双方协议，订定条款如左：

霜根老人四当斋全部藏书，依左列规定，分别寄托或赠与乙方：

霜根老人手订书手抄书暂由乙方保管，但甲方得先期具函并加盖原约定印章，通知乙方，随时提回其一部或全部；

善本书包括旧刻本及各家抄本，自民国二十六年十一月一日起，在乙方图书馆内寄托五年，期满之后，继续寄托或改作赠与及由甲方提回，由甲方赶期分别办理；

（子）（丑）两类书籍所有之校语或未经刊行之本，乙方得先征得甲方同意，随时发表；但须载明"霜根老人手校"或"四当斋藏本"等字样；

（寅）除（子）（丑）两类所规定者外，其余各种书籍，完全赠与乙方。

第二条 在不能抵抗情形之下，对于四当斋遗书可发生之危害，除由乙方充分防范外，甲方不得有所异议。

（子）（丑）两类投保火险费用，由甲方自行接洽负担。保存上必须之修理费用，甲方依据乙方声请支付单据，照数归垫，每年结算一次。乙方如为保存四当斋遗书必须与乙方图书馆馆藏书同样易地存放时，其费用涉及甲方自留部分者，由甲方分担。

乙方知甲方　先夫平生从事中国经史考据学术，其藏书自成一类，允于图书馆内或另一校室辟一适当部分，汇集排列，标明藏书原用名称，并将霜根老人生前所用文具书案等件，一并陈列，以存其真。

乙方如将（丑）（寅）两类书籍转寄或转赠其他同等学术机关，须先商得甲方同意。

四当斋全部遗书如甲方索借或已得甲方介绍前往借阅，乙方允予充分便利。此项索借或介绍借阅各事宜，乙方根据原约定印章办理之。

点交事宜由乙方派员在甲方寓所办理，甲方供给膳宿及一切便利，自甲方寓所至乙方图书馆之运费，由乙方负担，并力谋运输上之安全。点交清楚后短期间内，乙方将全部书籍目录分别公布之。

本约一式共缮两份，由双方各执一份存照。

  甲方 章王丹芬（印章）率子元 群善美义

      洪业（印章）

  乙方 司徒雷登（印章）

      田洪都（印章）

  见证人 俞阶云（印章）

      陈汉第（印章）

      张克均（印章）

中华民国二十六年十月二十三日

契约签订之时，北平已沦于敌手。一九四一年十二月七日，太平洋战争爆发，北平的日本占领军随即封闭了燕京大学。在这以后的岁月里，霜根老人四当斋藏书的命运有惊无险，除极小部分遗失，大部保存下来，并于一九五二年十月分别捐赠给北京大学和北京图书馆。

"周氏兄弟"均记有书账，鲁迅称之为"书账"，周作人则称"书目"；鲁迅持之以恒，周作人仅一九一七至一九二七年记有购书书目；鲁迅书账记金额，周作人不记金额。

有一项统计作起来应该是挺有趣的。"周氏兄弟"失和之前，有好几年两个人同住八道湾十一号，对比一下两人所购书有没有重叠的，你我买同一种书不是浪费么？

一九二一年鲁迅书账末了有一句话"本年除互易者外，共用买书钱百三十七元一角九分。"看书目内有"换来"两字，再看当天日记（一月五日）"又以《李璧墓志》、龙门廿品、磁州六种换得《元景造象》、《霍扬碑》各一枚。"这样小小的细节，不是很有意思么。

我平日里是记书账的，这样转抄到书里就很容易了。抄不是照单全抄，有所取舍，太普通的书和杂志就没必要往书里抄了，譬如在报刊亭买的新杂志。我的书账也记有金额，都是些小钱，不必担心什么，内人现在不看我写的书，若她看到某些大金额，也许会抱怨。

三

这本搜书记的装帧多处有了改变，开本比前两本略小，插图集中在书中心，图片是彩色，很是可喜。我加了一幅"书窝一隅"照片，现在看来加对了，如今这个"一隅"已不存在，只能在心底里想念它对我写作的慰藉。对于"图片说明"，我花了一点儿心思，力求文字不干瘪不生硬。有一处图片说明我给人名写错了，那期《联合画报》封面不是"舞蹈家王渊"。

文珍嫌字数多书显得厚笨，我只好删了八十九天的日记来减肥。三年后有机会出书（《书鱼繁昌录》，天津百花文艺出版社），我将这八十九天的日记以"《搜书剟记》精简的日记"为题，又给补上了，我对待文字，一个原则，不能浪费。

二〇一三年二月十四日交出书稿，十月三十一日收到样书二十本，邮递员昨天就来了一趟，白跑，所以在门上留了个条叫我今天务必在家等。收到新书来不急先睹为快，这天事情剧多剧急，直到夜深人静，才得空慢慢享受"新书的快乐"。

新书的快乐，很快就被岳父的病逝，冲击到极其次要的地位。以后很长一段时间，每天忙碌着或惦记着岳父的后事及"后事的后事"。

稿费两个月后就给了，五千九百六十一元，连个整数都没够，不免略微失望。

送书送出三十本，小学同学两本。最后一本是今年一月三日，韦力光临寒舍聊书房话题，他穿得单薄，开车人都穿得少，我家暖气历来烧得不暖，从未达标十六度，我也从未投诉过，知道投诉也不好使。两个小时后韦力冻得受不了，拿着《搜书剟记》匆匆而别。

书名没有专利嘛!
——《风雨谈》

一

这本书原来的书名叫《佳本爱好者》,被出版方给否了,理由是"爱好者"过于普通。接连换了几个都很勉强,一着急,何不用个现成的"风雨谈",这倒是通过了。如今我的"发稿登记本"记得还是"佳本爱好者",书稿是二〇一二年六月二十一日发给杨小洲邮箱,十万零四千字,二十五幅配图。幸亏我有记账的习惯,杨小洲无法抵赖。杨小洲当然是个好人,好人都固执,固执的结果也可能很差,也可能还不错甚至完美,所以不能把固执说成一个大的缺陷。

杨小洲于书籍装帧有野心,总惦记出新花样。每每遇到他激情四溢,我就泼一瓢冷水,试图使之清醒,但是几无效果。这回他组书稿,必然要试验他的新奇招数,所谓新奇,不是书的内容而是书的封皮,他要采用真正的"羊皮"来装订书面,造价会很高(成本即单册四百元,天呀!),小洲说不怕,他自有"退兵之计"。我当然乐观其成，拥有一本羊皮书，不管别人说三道四，总算没有白白爬十几年的格子。我历来注重书籍装帧，品位在小洲之上，小洲不大在意插图，这绝对是重大之缺陷。

董桥在《最后，迷的是装帧》里提到最多的一词是"插图"，举例"从前，我买过两本彼得兔盈掌小书，淡淡的水彩插图画得真漂亮"；"插图漂亮的我都买一两本玩玩"；"巴顿说艾丽思偷看姐姐读的书发现书上没有插图没有对话"；"巴顿从此一生喜欢有插图有对白的书"；"一九七六年，给小熊温尼画插图的画家 Ernest Shepard 去世了"；"但愿你喜欢舍巴特的插图"；"我常常在想，没有这些插图，米尔恩的书会那么红吗？"

董桥在中国持续红了二十几年，前十几年的红，靠得是他卓然自成一家的文字；近十来年的红，很大成分得益于牛津一马当先的书籍装帧。

有两本书有助于了解现代图书插图的简历，姜德明先生《插图拾萃》，讲得是上世纪三四十年代的书籍插图，汪家明先生《难忘的书与插图》讲的是上世纪五十年代以降外国文学名著的插图。两书相接，我们对中外文学书籍插图艺术，便有了感性的知情。

小洲对羊皮过于上心，对插图过于不上心，书成之后，两个"过于"都凸现出来。

书名的争议是极小范围的，三两个熟朋友而已——"这不是周作人用过的书名吗？"我在序里的回应和对朋友的电话聊天是一个意思——"我说起这个书名,好几位朋友都不约而同的说,这不是周作人用过的书名么。书名好像没有专利权的限制,你用过了别人也可以用。四十年代上海沦陷时期,柳雨生主编的一本文学期刊起的名字也是'风雨谈'。其实'风雨谈'这个名字很平泛的,老周的许多书名,像《自己的园地》《过去的工作》《秉烛谈》都是专属性很差的,谁用也是字面上的这点儿意思。鲁迅有的书名专属性很明确,《且介亭杂文》任谁也不好再用,而《野草》就有不少同名的书刊。"我不是强词夺理吧。

关于豪华装帧的争议,参与者就多多了,反对之声占了上风,幸亏小洲偏不信邪,顶风而上,终于给他制造出了一套中国罕有的羊皮书。我那先见之明的"后记"写得非常之自鸣得意,值得录在这里,以广人知。

收在这里的文字只有十几篇,却包括了我常写的几种题材:老画报,老漫画,老电影。书评和随笔也有几篇,朱省斋这篇较长,不妨算作考据。

当听说本丛书策划杨小洲准备用古书的版式来作装帧时,我第一反应就是,我们稚嫩的内容配得上古老的形式吗?小洲却信心满满,我说你就等着"千夫所指"吧。

我们所处的世间,守成比创新要安全得多。张爱玲说"公寓是最合理想的逃世的地方。厌倦大都市的人们往往记挂着和平幽静的乡村,心心念念盼望着有一天能够告老归田,养蜂种菜,享点清福。殊不知在乡下多买半斤腊肉便要引起许多闲言闲话,而在公寓房子的最上层你就是站在窗前换衣服也不妨事！"

我想着小洲做的不就是"多买半斤腊肉"么。形式既定，只得如此，"各花入各眼"，以前常规的装帧不也是非议充耳么。

前面光说羊皮了，忘了说羊皮里的版式了。我不懂版式的专业术语，小洲说这书采用的字体是申请了专利的一种特殊字体（繁体），不是我们常见的宋体之类。版权页特加了一条"内文字体据《文悦字库产品许可使用协议》201301201921 授权使用"，不会是白使吧？要花很多钱吧？我心里想，没有直接问。（今天问了小洲，使用费是三千元。）

内文蝴蝶式，半叶十五行，行十四字，四周双栏。一眼望去，饶有古意。我是满心喜欢，却又担心，这样的仿古形式恐怕比之羊皮遭受更多的谴责，我估计反对派首先想到的是"不伦不类""非驴非马"。不是没有劝过小洲，我力主创新之手段，不要一股脑儿地用在一本书里，一次用一两个，预留改进的余地。

考虑来考虑去，杨小洲觉悟到"理想是理想，现实是现实"，只有中间之路好走，最终羊皮本只作了几十本（有插图）而且不面向市场，面向市场的是普通精装本（无插图），羊皮本标价三百九十八元，普精本四十六元。原先害怕的"千夫所指"局面，根本无从出现，攻击者也要考虑成本吧，何况他们搞不到羊皮本。

二

小洲主外，我主内。

最前面的两篇是朱朴（朱省斋），对于这位《古今》杂志的创办人，我有着无尽的兴趣（前天晚于鲁迅博物馆参观臧伟强先生的"民国文人手迹展"，止庵指着一本签名本对我说，这不是你的"朱省斋"么？我一看，是梁漱溟签赠"朴斋"的）。《古今》的几十位作者，只有朱省斋，柳雨生，金雄白几个人后来去了香港，不像留在大陆的那一群过了三十几年的苦难日子，更有几位早早地死于非命，譬如周作人。难以想象，自一九六六年八月二十四日，知堂老人被红卫兵赶进洗澡间（后改在厨房容身），至第二年五月六日"他被发现趴在铺板上一动也不动，姿态很不自然。"老人是如何捱过那一秋一冬一春的日子？反过来设想，如果不遭这九个月的罪，周作人兴许能再活许多年。我跟止庵讲，周作人那么一个爱干净的人（日记里多有"理发""换衣"），你能不能找一个想象力超强的作家，就以老周生命最后的九个月为题，写出一篇小说来。

写朱朴，我多次说了过头的话，我深信《古今》的停刊原因就是朱省斋所说的原因，不疑有他，而今年接连有材料显示，停刊的原因与朱朴所说大相径庭。

《柳雨生移居香港的时间》与《陈荡一语惊醒陈蝶衣》，恰当地支持了我上述的观点，陈蝶衣并非《古今》中人，他一九五二年逃离大陆投奔香港,平平安安地活到九十九岁,而且一直在创作。

我原先给的十几幅插图用上的是:

知堂手拓"永明三年"砖

知堂"题永明三年砖记"

香港《掌故》杂志

"饮水思源"藏书票(贾俊学藏)

王古鲁送冒鹤亭《初刻拍案惊奇》

《艺风》第二卷第六期

鲁迅赠黄萍荪"禹域多飞将"诗手迹

《鲁迅在厦门》的纸型

黄裳《中秋随笔》手稿

周作人书"五十自寿诗"

十一、周作人致孙福熙书札

十二、王统照(剑三)手迹(方继孝藏)

有的插图与内容无甚关系,有的插图于内容至关要紧,譬如《〈鲁迅在厦门〉的纸型》,没有了插图,原本就很抽象的纸型,怎么描述还是抽象。如果以后有机会出选本,我会最先选这篇,一定不忘那张"纸型"。那么多谈书的书,几乎没有谈及纸型的,就算提到了也还是没有实物图片。这个"第一"的荣光本来已归于我,现在只能在羊皮版里供一小撮欣赏了。

另外还有几幅图我是连书稿一起发给小洲的,却未采用,其中两张的重要性仅次于"纸型",一幅是张文元大幅漫画《大闹宁国府》,一幅是柳雨生到香港后与叶灵凤等友人合照。

三

二〇一四年的春夏,于我是很难忘的,一系列未曾经历的日子,未曾经历的事情,《风雨谈》一步一步接近问世。

那几个月,我住在市中心的一所带前后院的房子里(楼房的一层),前后院一直荒芜,我想有所作为。在淘宝网买了南瓜、玉米、扁豆的种子,心想凭着农村几年的经验种这点玩艺儿不在话下。秋天将临,所有的扁豆只吃了一顿,所有的南瓜连苗都没出得来,所有的玉米都只有尺把高。

后院的成果远胜前院,可是最大的挫败也发生在后院。我只是将后面的晾台往外扩了一尺,顶子盖上了,即将竣工,城管来了。后来才得知是邻居举报的。城管找来一帮附近收破烂的,赖在后院不走,称你要是不让工人拆除,城管就让"他们"来拆。这种无赖行为,使我想起保尔·柯察金在狱中遇到的那个年轻的姑娘。

后院原来是土地,我改成水泥地,摆上一些怕太阳直晒的花草,最热的日子里,在后院摆个小桌,吃着自己擀的面条,光着膀子,惬意地很,比在空调屋里舒坦。

一楼的好处是有院子,出门也方便,抬脚就走。坏处是蚊子多，而且防不胜防，自以为很严密的里屋，有一夜，竟然被我打死八只蚊子，它们是从哪里进来的呢？有人称是顺着空调的滴水管进来的。这一年的夏天我用坏了三个电蚊拍，最高纪录是一夜拍死三十四只，拍蚊成为一乐，经常拍到凌晨三四点，一手持电蚊拍，一手持电筒。赵本山在小品里称手电筒算"家用电器"，电蚊拍是新时代之电器。

这个夏天有巴西世界杯，小洲正巧也住附近，所以颇不寂寞。前天友朋聚餐，小洲携公子出席，我问小"小洲"你还记得去年来我家串门吗？小"小洲"说，记得啊，你还光着膀子！

小洲经常来串门，时不时带来《风雨谈》的进展，八月九日"十点钟被小洲电话惊醒，十分钟后他来，送来装订好只差外封的《风雨谈》。"八月十二日"六点小洲带儿子来，本来说好是晚上来，没房门钥匙，只好到我这待一会儿。《风雨谈》简体字版拿来三本。"八月十三日"今晚九时小洲送来羊皮本。"

立刻将书影发至微博和布衣书局论坛，"左中右"皆发声了。

我立马回击："羊皮版，前途未卜，很大可能是一飞冲天。这个版的几个特殊性在目前的中国是惟一的。当然在我们这个民族，骂詈是自古以来的民族性，像我窗外的马掌水，要么不开窗，开窗就一股一股的恶臭。"

《风雨谈》送人送的全是普通本，只送了十几本，小洲作为本书责编送的都比我多。

稿费是一万一千零二十八元，角分零头抹了。

我一提这是鲁迅说的话……
——《佳本爱好者》

一

好的书名是不会被埋没的。

二〇一四年三月五日的日记：

九点半电话吵醒，海豚社李忠孝电话，邀晚上"上海小江南"饭局，原因是胡洪侠来京。

我电话小洲，小洲称未接到邀请。又电话止庵，他被邀请了，那我就去吧。

下午四点多驾车至父亲家，换《良友画报》。出来奔百万庄，将窗沿锯个小口，使拉线不误关窗。

与止庵联系好，我步行去"小江南"。走近才知道，这不是"百万庄园"旧址吗，一路走过的都是再熟悉不过的老地方，八九十年代走过无数遍。

二楼包间，来客有俞晓群，沈昌文，张冠生，胡洪侠，胡公子小两口，朱立利，李忠孝，吴兴文，止庵，我。

忠孝今天四十五岁,已经喝大了。

胡洪侠这几天去东北,看徐克拍《林海雪原》。

得胡洪侠、俞晓群新著。

李忠孝又提约书稿事,称一切按作者要求制作装帧。我决定把"佳本爱好者"给他。俞晓群的一番话也打动了我,他说在辽宁时看《中华读书报》我的专栏(王洪波时期)就关注我了。

张冠生说,他的女儿看《搜书记》时问搜"书记"?

李忠孝答应我一册《楮柿楼读书记》。

很晚席散,我一个人走回百万庄。

在这个春寒料峭的晚上,在有着无数回忆的老地方,《佳本爱好者》定了给海豚社,人家说了好几次,显见不是虚邀。

《佳本爱好者》之前,在海豚社我编了三本小册子《东西两场访书记》(何挹彭),《朴园日记》(朱省斋),《世载堂杂忆续篇》(刘禺生)。

当初质疑"佳本爱好者"的同志,我一提这五个字是鲁迅说的,他就不再说话了,可是照样要求我换一个,可见书名的摇摆性。

鲁迅的原话是"但只印一千本,且难再版,主意非在贸利,定价竭力从廉。精装本所用纸张极佳,故贵至一倍,且只有一百五十本发售,是特供图书馆和佳本爱好者藏庋的,订购似乎尤应从速也。"

贵如"中国最硬的骨头"者,亦未能免俗,这广告词写的文绉绉，不就是为了把书卖出去的吆喝吗。

我曾经说"我一直是个买不起'佳本'的佳本旁观者，只剩'爱好'是真实的。"

二

应下书稿之后，马上着手将零篇散章归拢归拢，这种活儿已经作过几回，轻车熟路。

书里涉及的两个地名（八道湾，辟才胡同），如今已经"名存而实亡"。关注八道湾是因为周作人在十一号住了四十八年那么久，最后死在那院子，按照老的说法，凡有死于非命者的宅院均为凶宅，可是现代人才不迷信呢，偏要选十一号作了三十五中的新校址。说来也巧，三十五中（前身为"志成中学"）旧址也是凶宅之地，已故文史专家邓云乡曾于《文化古城旧事》里写到："一般私立中学的校舍都是很简陋的，志成中学自然也不例外，校门口开在小口袋胡同里面路南，这真是个'口袋'，东面一个出口通西皮库，二龙坑，其狭窄处，也只能过一辆小汽车吧，卡车是很难开过的……自然这点房舍，容纳不了这么些学生，校方又在学校对面，租了一大片民房，包括一所据说是'京师著名凶宅'的房子在内。"

拆八道湾十一号之时，有个年轻书友潜入院子，揭了一块瓦当送给我，当时几个书友正聚餐，杨小洲称他对瓦当有研究，我顺手就送给他了，如今有悔意，至少应拿回来搁上几天，一次绝好的发思古之幽情的机会被我断送。

我于辟才胡同的感情要深过八道湾。辟才胡同的名字如今仍使用着，可是再称呼"胡同"就勉强了，胡同西口硕果仅存的齐白石故居在新式楼房的映照下，显得低矮，灰暗，好像一个破落户周旋在珠光宝气的贵妇人之间。

杨绛先生今年一百零四岁，她八岁那年一九一九年，"五四运动"爆发，杨绛在《忆孩时》文中想到了辟才胡同，"那天上午，我照例和三姐姐合乘一辆黄包车到辟才胡同女师大附属小学上课。"连杨绛自己也感叹"五四运动时身在现场的，如今只有我一个人了。当时想必有许多中外记者，但现在想来，必定没有活着的了。作为一名记者，至少也得二十岁左右吧？将近一百二十岁，谁还活着呢？"

想想辟才胡同拆毁，至今已二十年，一条胡同的寿命居然赶不上杨绛。杨绛的女儿钱瑗一九九七年故去，钱锺书一九九八年故去，杨绛已独自生活了近二十年，跨过了世纪。我只是在想，张茜在陈毅去世后两年也追随陈毅去了，据说是因为悲伤过多。有的女人在丈夫去世之后，一下子就垮了，不论是精神还是身体。我的一位老邻居方婶，方先生走后两个月她也走了。我的岳母和岳父是一个村的，抗战时期一块入的党，岳父前年病故，岳母没哭也不让我们哭，两年来她老人家硬硬朗朗的，说话就九十岁了。男女之差别是否也有这方面的原因，我不知道。

《鲁迅奋斗图传》和《新八仙过海图》，是我三十年代漫画专题的延续。前文的起因是不大赞同一位近代美术史专家将政治倾向引入漫画审美，这位专家称"汪子美满怀深情创作了漫画组画《鲁迅奋斗画传》……以肖像漫画的形式，讴歌了鲁迅先生的一生。"

专家何以得知汪子美创作时的"满怀深情"？我们那个时代最泛滥的词汇有很多，"讴歌"即其一。

《集书之前是集邮》，自认为切入的角度挺好，写的过程非常愉快，"集邮"的经历，使我能够写一本小册子。

《图解旧上海的一个报摊》，是个难得的题材，我甚至打电话给一位老上海，请他帮忙考证一下报摊的具体位置。

《热爱中国艺术的老苏》《好山好水好寂寞》等六篇，是给报纸写的书评。《水磨集》是书话的写法。

《包头买羊毛记》，也是个难得的题材，可遇而不可求，一本旧日记的解读。

有几位朋友不大赞成《一年间买书月记》搁进书里，史航却说："老谢的书，不管哪篇用力最勤，对我来说最好看的还是书账。如本书长达六十五叶的《一年间买书月记》，就爱看他唉声叹气，挑三拣四，蠢蠢欲动，恹恹如醉。许多写书话的都没这份患得患失的可爱。"

三

　　一年后书出版了。之前发生了一点小的事故，编辑将数字由汉字改为阿拉伯数字，我又给改了回去，用去了一天的时间。还有一个小的事故，我一直很烦书名竖排，尤其是较长的书名。没有什么理由，就是不喜欢，可当下似乎很流行竖排，也许是对内文不准许竖排的一种逆反吧，谁知道呢。偏偏这次五个字的书名，初稿又是竖排，我马上打电话跟编辑商量，编辑马上改为横排，我当时那个气急败坏，好像竖排天就塌下来了。

　　等到书真的生米熟饭地印得了，书的颜色又出了一点儿事故，说是紫色吧，不像；说是蓝色吧，不够蓝。总之，赤橙黄绿青蓝紫，七色迷离。这不是仁智互见，关键是摆在书堆里它不显眼，大红大绿虽然怯，但是能吸引读者眼球。书的封面，本质即书的广告，广告的目的即招揽读者。四月二十三日，止庵来电话称于万圣书园看见《佳本爱好者》了，书作得很不错，惟封面颜色太不显眼，放在万圣主台面仍无夺目之效果。

　　装帧设计，最忌"过犹不及"。设计者的"匠心"，如果读者不领情，恐怕不如采用老实的一路，"看不出设计的设计"。编辑告诉我封面封底的用心之处：

　　封面图：陈洪绶的《西厢记》插图

　　作者字体：田氏宋体旧字形

　　书名字体：集文徵明字

封底"本"字：集南北朝泰山金刚经

本书二百本毛边本于孔夫子旧书网，瞬间一售而空，无法确定是多少秒内抢光的，许多书友抱怨十六点整（多年来孔网已形成规律，新毛边本均在下午四点钟发售）一开售就下单，还是没抢到。我不懂电脑，像这样在同一时间（秒）下单的，为什么有人得之有人失之，这里面有什么奥妙么？有的书友称得失与你家的网速快慢有关，我比较相信这个解释。

样书十册，我自己买了二十册，全部送光。姚桐椿先生得书后于四月三日、十日来两信。姚先生说："这次我把拳变日记放到最后读，先把其他读了，错处相对较少。"最后读，是因为错误较多，姚先生指出："现在整理古诗文，前人手稿（日记、书信）错误较多，因为整理者平时对这类文献接触不多，不熟悉前人在书信中常用的行草体字造成的。你现在二次转录，就更难免。"

姚先生在信中说起香港牛津版高伯雨《听雨楼随笔》："错字太多，在我们这里，可能要作为次品（这被小思预计到了）。"

有这么一位高水平的挑错者，作者之幸也。

后　记

听说我要写这样的一本书，止庵建议我买川端康成的《独影自命》，他说川端这书其实就是"出书记"，又说我不参考此书就写不好"出书记"。我听从他的建议把《独影自命》买了，读了读，发现需要补好多课。

开始的设想，本书分两部分，第一部分"我写的书"，第二部分"我编的书"，现在决定第二部分去掉不要。我编过的书有《邓云乡讲北京》《东西两场访书记》《朴园日记》《世载堂杂忆续篇》，这四种里后三本确实值得一编，邓云乡那本则编得过于容易，年代太近。

与我以往的书不同，原本最不费脑筋的插图，这回却颇费思量，不知道该用哪些图片，没有太好的办法，尽量选一些较特别的图片罢。

谢谢韩慧强先生的邀稿和督促，日夜兼程二百四十六天，这书总算写完了。

二〇一五年十月二十六日夜